Als ich in den Wald verschwand

Zum Autor

VIKTOR KAMERER, geboren 1976, absolvierte kaufmännische Schulen bis zum Mittleren Management und arbeitete in einem Großhandel, bis er sich dem Schreiben widmete. Seit 2017 veröffentlicht er Gesellschafts- und Mysteryromane, alles beim Twentysix Verlag.

Zum Buch

Die junge Sarah flieht aus einem Heim in den Wald. Dort trifft sie auf Hermes, einen Wolf, der sie unter seine Fittiche nimmt. Ein Schmetterling führt sie sicher bis zu einer Hütte. Dort stoßen sie auf eine Leiche. Ein Bär greift sie an, doch sie können ihn zähmen. Die kleine Gruppe kommt in die Stadt Boulevard. Dort nehmen sie einige Menschen auf und begeben sich erneut in den Wald. Unter ihnen befindet sich Kurt. Hat er nur Gutes im Sinn? Wird die Gruppe überleben?

VIKTOR KAMERER
Als ich in den Wald verschwand

Roman

Bibliografische Information der Deutschen Nationalbibliothek: Die Deutsche Nationalbibliothek verzeichnet diese Publikation in der Deutschen Nationalbibliografie, detaillierte bibliografische Daten sind im Internet über dnb.dnb.de abrufbar.

TWENTYSIX
Eine Marke der Books on Demand GmbH
Kollektion 2023
© 2023 Viktor Kamerer

Herstellung und Verlag:
BoD – Books on Demand,
Norderstedt

ISBN: 9783740709150

FLUCHT

Kapitel 1

An einem Abend im September verdunkelte sich der zuvor frische Himmel im Lande Sankt Frontier. Das Land hatte kaum einen bedeutenden Einfluss auf die gesamte Welt. In einem Haus aus dem 18. Jahrhundert, war die Atmosphäre zum Greifen. Im Wohnzimmer dieses Heimes saßen ein Dutzend Kinder zusammen. Ich ließ es mir auf einer kleinen, beigen Couch gutgehen. Daneben stand ein buntes Sofa, auf der Megan hin- und her rutschte. Sie sprach mich an: »Du dummes Huhn. Hast keinen Grips. Bist hässlich. Zudem kann dich keiner hier leiden«.

Ihre Anklage war aus der Luft gegriffen und ich hatte Selbstbewusstsein genug. Das leicht gelockte, braune Haar. Mein Stupsnäschen. Alles war perfekt an mir.
    Das Mädchen mir gegenüber hatte einen gewaltigen Dachschaden.
    Ich erhob meine Glieder und baute mich frech vor ihr auf. Sie schmunzelte, dann war eine Unsicherheit auf ihrem Gesicht zu

erkennen. Dennoch würde ich vorsichtig sein. Ihr war alles zuzumuten. Neben ihrem Mut griff sie schon mal zu Waffen. Messer und körperliche Gewalt waren ihr nicht fern.

Und so stand Megan auf und bot mir ihre Faust an. Ich war kein Kind von Traurigkeit und schubste sie auf das Sofa zurück. Sie erschrak, war sie es denn nicht gewohnt Paroli geboten zu bekommen? Sie war ein typisches Heimkind. Wie ich. Da setzte man sich durch mit aller Macht, die wir hatten. Und erhielten keinerlei Nähe. Ohne Berührungen, kaum Zärtlichkeiten. Ich verlor meine Eltern mit zwei Jahren. Da dürfe es kein Wunder sein, dass ich bockig war. Für Pflegeeltern waren wir zu alt. Welche Familie nahm 16-Jährige auf? Wenn sie zudem frech und unbelehrbar sind erst recht nicht.

Megan fing sich abrupt und maulte ein paar Worte, die kaum verständlich waren. Was ich an ihr sah, war zunächst eine geschlagene, sogleich zunehmend selbstbewusste junge Frau. Sie konterte mit einem Hieb auf meine linke Seite und schrie sich die Kehle aus dem Leib.

»Du hirnverbrannte Tussi. Hast null Respekt. Das gehört bestraft«.

Die Antwort kam: »Du bist nicht besser als ich. Das sollte dir klar sein. Führst dich auf, als wärst du die Prinzessin von Sankt Frontier«.

»Ich bin ein fesches Mädchen. Du strahlst gar nichts aus. Bist eine Wilde. Du gehörst in die Wälder dieser Stadt«.

Sie sah mich ungestüm. Ich war realistisch genug, es in Betracht zu ziehen.

Und dennoch würde ich dagegenhalten. Ein Heimkind hat es schwer. Ohne Eltern umso mehr. Ich hatte nur wenige Bilder von Mama und Papa. Und das nur in meiner Vorstellung. Weshalb hatten sie mich hier ausgesetzt? Vor vierzehn Jahren? Gemeldet hatten sie sich nie wieder. Karten zu Weihnachten fehlten. Keine lieben Worte am Geburtstag.

Und doch musste ich kräftig und bestimmend dagegenhalten.

Ich sah immer wieder Bilder von meinen Eltern, doch nur in der bizarren Vorstellung. Sie hatten mich vor vierzehn Jahren hier, im Heim, ausgesetzt, wie ein wildes Tier. Und sie hatten sich nie mehr gemeldet. Keine Karte zu

Weihnachten. Kein Gruß, keine Gratulation zum Geburtstag. Es war, als hätten sie mich aus ihrem Leben herausgestrichen. Aus einer To-do-Liste. Würden Sie die Kurve ohne mich kriegen? Oder war ihr Leben auch ohne mich eine Katastrophe?

Meine Wenigkeit packte Megan am Kragen. »Geh mir aus dem Weg«, sagte ich. Dann hörte ich eine weibliche Stimme rufen. »Was ist denn jetzt schon wieder? Könnt Ihr nicht für zwei Stunden Ruhe geben? So haben wir euch nicht erzogen«.

»Ihr habt uns gar nichts beigebracht«, schmunzelte ich. Die Erzieherin sah sich gedemütigt, kam forsch herbei und griff sich mein Haar. »Euch gebe ich es schon. Ihr werdet lernen gehorsam zu sein. Sag: Lachst du mich immer noch aus?«

Perplex, aber mutig nahm ich ihren Arm und die Hand und drückte sie zu Boden. Wer war es hier, der als Letzte lachte? Die Erzieherin verstummte und krümmte sich vor Schmerzen. Dann wurde sie mutig und laut, schrie das andere Personal herbei. Zwei weitere

Angestellten rannten herbei und trafen auf einen Tumult.

Von liebevoller Wärme war jetzt gar nicht zu sprechen. Ein Heim ohne Vernunft und Liebe, war für mich ein Ort des Grauens. Gerne hätte ich anderes gesagt. Doch ich spreche die absolute Wahrheit. Der Unterricht unten in der Stadt war hart, die Pausen kurz. Und die Lehrerinnen dort zeigten kaum Manieren. Die paar Stunden in der Schule waren ein Ausgleich, aber keine vorbildliche Erziehung.

Die beiden Erzieherinnen packten mich. Eine von hinten, die andere verpasste mir einen Klaps ins Gesicht. »Du verdammte Hure. Wer nicht gehorcht, muss fühlen. Glaubst, kannst alles mit uns machen. Megan hat eine große Klappe. Aber Gewalt ist unangebracht«. Die Erzieherin sah nicht, dass sie selbst grob war. Gegen die Heimkinder. Die Ohrfeige hatte gesessen. Es klatschte und mir kamen ein paar Tränen. Ich saß in die Hocke und ließ den Kopf hängen. Ja, das war Demütigung. Mentale Kraft hatte uns alle vorangebracht, aber die Gewalt der Erzieherinnen war größer. Ich lag auf dem

Boden und streckte meine Arme aus. Dann zog sich der Körper zusammen.

Eine junge Erzieherin namens Savannah kam unvermittelt hereingestürmt, als sie das Geschrei hörte. Alle liebten Savannah. Sie schien ein wenig verrückt, aber das war ich ebenso. Sie bückte sich, nahm meine rechte Hand und half mir, mich aufzusetzen. Ich winkelte die Beine an und legte den Kopf dazwischen. »Was ist denn passiert?«. Schnell verstand sie, dass ihre Kolleginnen es zu weit getrieben hatten. Sie kannte diese Drei. Savannahs Intelligenz ist hoch. Ihre Menschenkenntnis, mit 25 Jahren, war fundiert. Sie hatte studiert. Psychologie. Nach dem Studium kam sie direkt hierher, zu uns Kindern und Jugendlichen. Alle hatten sie liebgewonnen. Der Blick reichte bis zu Megan hinüber und Savannah erkannte mein Problem. »Megan«, sagte sie. »Du hast keine Freunde, zudem machst du dir Feinde. Wo doch Sarah gut für dich wäre. Sie ist ehrlich. Zwar ein wenig grob und dennoch loyal. Willst du ihr nicht die Hand geben?«.

Megan setzte sich zu mir auf den Boden, streichelte über meinen Rücken und seufzte: »Tut mir leid. Ich bin nicht besser als der Teufel«.

»Jetzt bist du besser als der Teufel«, sagte Savannah. »Sarah. Nimmst du ihre Entschuldigung an?«.

Ich versuchte hochzukommen, dabei half ich Megan beim Aufstehen. Nunmehr lag ihre Hand in der meinen. Sie umarmte mich herzlich und zart. Daraus könne eine Freundschaft entstehen. »Bist ganz dufte«, sprudelte es aus mir heraus.

»Und jetzt geht auseinander«, sagte eine der Drei. Sie hatte den Wink mit dem Zaunpfahl nicht verstanden.

Ich sah sie wütend und schräg an. Es war Savannah, die meine Hand nahm und mich beruhigte. Wie lange sind diese Tiraden zu ertragen? Bald bin ich erwachsen, dann reiße ich hier aus. Ist doch nicht auszuhalten. Das ist ein Zustand, den ich nicht verkraftete. Seelische Qualen. Und nur wenige Kinder und Jugendliche waren für mich.

Kapitel 2

Savannah nahm meinen rechten Arm. Tröstete mich und wischte mir eine Träne aus dem Gesicht. Wie ergreifend, eine Freundin zu haben. Sie war zwar neun Jahre älter, und doch verstanden wir uns vorzüglich. Sie kramte in ihrer Hosentasche und es kam ein Bonbon hervor. Ich wertschätzte dies und nahm es an mich. »Danke. Ich esse es später«. »Vergiss nicht. Ich bin immer für dich da, Sarah«.

Meine Stirn fiel auf die ihre. Dann gab ich ihr einen Kuss auf die linke Wange und umarmte sie kräftig. Sie drückte zu und meinte, das alles sei gar nicht so übel. Ich aber sah es anders.

Wie nett sie war. Es lag an mir, dass ich keinem vertraute. Meine eigene Mutter hatte mich aufgegeben. Hatte sich nie mehr gemeldet. Wenn die nahe Familie nicht da war, auf wen setzt man da? Frech zu sein hatte ich mir schon längst angewöhnt. Ansonsten kam man hier und draußen nicht durch. Die Schule, unten in der Stadt. Hier oben das Heim, das war mein Zuhause, meinte Savannah. Ich aber sah es anders.

Die Dunkelheit setzte ein vor dem Kinderheim. Ein Heim, wo drei Hexen ihr Unwesen trieben. Aber eine, das war Savannah, die schien gerecht und liebevoll. Einige sahen sie gerne wie ihre Mutter an und sie war wie die absolute Unschuld. Doch die drei waren mir eine Lehre: Und so setzte ich auf mein eigenes Glück.

Ich stellte einen Plan auf. Demnach würde ich ausbüxen, in dieser Nacht, falls eine der Hexen es auf mich absehen würde. Denn ich hatte ein Gespür dafür. Eine der drei würde kommen. Sie würde mir das Kissen aufs Gesicht drücken, wie schon einige Male zuvor. Das wäre der Auslöser. Heute würde ich fliehen.

Ein, zwei Mädchen beteten und so fragte ich stumm, ob dies kopierbar war. Ob ich Gott anbeten solle. Ein Gespür für ihn war da. Zeichen bewirken Großes. Und ich sah sie, jeden Tag. Das hinderte mich nicht daran, grob zu sein. So war ich nun mal. Aber die Mädchen brachten mein Gemüt dazu, sensibel für die wahre Welt zu sein: die der Gefühle.

Die Müdigkeit übermannte mich, 1,80 Meter zu 90 Zentimeter. So groß waren die Holzbetten, und der eine oder andere genoss das Dunkle im Raum. Was ich nicht liebte, waren die drei. Eine großgebaute Gestalt trat an die Schlafstätte und seufzte. Ich gab kein Geräusch von mir. Es war klar, es ist eine der Hexen. Und da lag schon ein Kissen auf meinem zierlichen Gesicht und die Erzieherin presste. Ich wand mich, erhob den langen Körper und versetzte der Frau einen Schlag gegen den Magen. Sie krümmte sich vor Schmerz und ließ gedankenverloren von mir ab. Ich holte tief Luft, kam aus dem Bett und eilte durch den Flur. Die Hexe folgte mir, doch meine Beine brachten mich schnell vor die Haustüre. Ich schloss diese und rannte beide Stufen an der Veranda hinunter. Ich kam eilig an Sonnenblumen vorbei. Es erschienen Reben mit Trauben, die ebenso hinter mir blieben. Die Kraft verließ den Körper dann, und ich nahm Platz auf einem Hügel, der von Bauern befahren wurde. Jetzt war ich mir sicher, die Hexe abgehängt zu haben. So erhob ich mich und trabte langsam einen Schritt vor den anderen.

Ich pflückte mir einige Trauben, die Ernte war zugegen. Morgen würde der Bauer kommen und diese lesen. Doch heute war ich es, der sie las.

Vor mir sah man den Wald. Ob da Unterschlupf zu finden sei? Ich war nicht abgeneigt. Mein wildes Innere traf auf den rohen Wald.

IM WALD

Kapitel 3

Ich erklomm einen Berg, das war mir bewusst. Dabei sah man die Fichte, Bäume, an denen Zapfen nach unten hingen. Ich pflückte mir einen, da stach mich die Fichte. Der Schmerz war kaum auszuhalten, obwohl ich eine Frau bin.

Stöhnen und jaulen kamen hervor, wie bei einem Wolf, der seine Sippe suchte. Ich nahm Platz auf dem Po und lutschte an meinem Finger. »Dieser verdammte Schmerz muss doch vergehen«. Ich bin nicht zimperlich, aber die Fichte hatte mich ausgeknockt. Jetzt hieß es, abzuwarten, die Wut auszusitzen. Wo war ich überhaupt? Auf einem Berg. Ich sah, dass es nass war auf dem Boden. Ich bemerkte, dass der Po feucht war. »Nur keine Blasenentzündung. Das kann ich gar nicht gebrauchen. Die verfluchten Hexen sind schuld. Wäre ich bloß nicht im Heim gelandet. Jetzt ist Schluss damit. Ich bin mein eigener Herr«.

Der Weg führte steil hinauf, doch ich war schlank und der Schulsport hielt mich fit. Viele Höhenmeter erklomm ich in kurzer Zeit. Sankt

Frontier lag einige hundert Meter hoch, der Berg aber ist höher. Das bemerkte ich. Für September ist es kühl und meine Beine schlotterten vor Kälte. Was suchte ich im Wald? Bin ich ein Tier, der Menschen mied? Mir war bewusst, dass Wölfe zugegen waren. Gesehen habe ich zwar keinen. Aber sie waren da. Etwas folgte mir auf Schritt und Tritt. War mein Gefühl wahr? Würde eine Bestie mich reißen? »Verdammt. Ist es ein Raubtier? Bin zu jung zum Sterben. Hätte ich einen normalen Vater, so würde mir dieser das Kämpfen längst beigebracht haben. Aber Papa war verschwunden von der Bildfläche, da ich zwei war. Mutter ist allein geblieben. Deshalb werfe ich es ihr nicht vor, mich abgegeben zu haben.

Ich sah um mich. Kein Raubtier. Aber die Angst war da. Saß in mir. Obgleich meine Härte berüchtigt war, so bin ich jetzt dennoch sensibel. Neu erworbene Gefühle möge man nicht ausschalten. Und das war gut, denn was ist ein Mensch ohne Sensibilität?

Ich hörte Schritte rechts von mir. Aus einem Busch trat vorsichtig ein grauer Wolf vor. Er sah mich an, wie ein Mensch es für gewöhnlich tut.

Ich brauchte mir keine Sorgen zu machen. Er war mir vertraut und ... da sprach er wie ein Mann.

»Liebes Kind. Was suchst du hier? Wir haben im Wald einen Bären, der ist böse und gefährlich. Wenn du möchtest bleibe bei mir. Ich beschütze dich. Ich frage gar nicht, wo du hinwillst. Ich sehe es dir an: Du bist verzweifelt«.

Ich fand einen Freund, der weise erschien. Sah er mir doch meine wilde Verzweiflung an. Ich antwortete ihm: »Ich bin auf der Flucht. Die Hexen im Heim haben es mir schwergemacht. Ich hielt es nicht länger aus und bin ausgebüxt. Bitte verrate mich nicht. Bist du mein Freund?«

Der Wolf grinste, setzte sich neben mich und sagte: »Zuerst nenne ich dir meinen Namen: Hermes. Bin kein Gott, aber groß genug für diesen Namen. Und du bist?«

»Sarah. Die Zivilisation kann mich mal. Darf ich eine Weile bleiben? In deinem Wald? Ist doch kein Problem, oder?«

»Gar kein Problem, liebes Kind. Bist willkommen. Ich habe sonst keine Freunde. Und kein Rudel Wölfe. Bin schon im dritten

Jahr und deshalb auf mich selbst gestellt. Wo meine Eltern sind weiß ich nicht. Und eine Partnerin habe ich nicht. Früher oder später kommt es dazu«.

Ich sah ihn verträumt an und sagte, eine eigene Familie wäre toll. »Meine Kinder werden es gut haben mit mir. Ich werde mich um sie kümmern. Und ein Mann wird es schön haben mit mir. Bin nicht anspruchsvoll«.

Hermes mahnte: »Das solltest du aber. Denn du bist wunderbar. Und du mögest das Beste haben«.

Der Wolf erhob sich, ich tat es ihm gleich. Wir liefen einige Schritte und er spickte immer wieder zu mir herüber. Ich war froh und fühlte mich in seiner Nähe verstanden und geborgen. Dann sprach ich: »Ich war niemals dankbar für mein Leben, aber das hier, mit dir, ist einfach wunderbar«.

Er antwortete: »Dies ist der erste Schritt. Ich sehe ein Rest an Wut in dir, aber wir kriegen das schon hin«.

Kapitel 4

»Meine Wut siehst du recht. Ich musste mich im Heim durchsetzen. Was ist so schlimm daran? Hast du einen Ausweg für mich?«

Hermes, der Wolf, stellte sich groß hin, versperrte mir den schmalen Weg. Sodann meinte er: »Bleibe für eine Weile bei mir, dann wirst du schon alles erfahren«.

Diese Antwort war intelligent. Was werde ich sehen? Und wen sah er in mir? Tiefgründig bin ich ja. Aber schlau wie der Wolf?

Ich nahm auf der Stelle auf dem erdigen Boden Platz. Trotzte dem Wolf. »Ich will es jetzt wissen? Was kann ich hier lernen? Und verschaukle mich nicht. Ich bin schlauer als du, und ich begreife, wenn du lügst«.

Der Wolf vergrub seinen Kopf zärtlich in meinen Armen. Dann setzte er seine Pfote auf meine linke Hand und streichelte mich. Mir war, als habe ich einen Vater, der seine Tochter liebt und sich um sie kümmert.

»Hätte ich dich nur früher kennengelernt, Hermes. Du bist ein Freund und Helfer. Wie kommt das, wo du doch ein Wolf bist? Haben Tiere wie du eine soziale Ader?«

Hermes legte seinen Kopf auf meinen Schoß und sprach: »Ich war nicht immer ein Wolf. Vor diesem Leben war ich ein Mensch wie du«.

Einen Spaß konnte ich mir nicht verkneifen und so sagte ich: »Es ist möglich, dass du mein Vater bist. Aber der war doof, soviel ich weiß. Hat beim kleinsten Problem die Biege gemacht. Ich war oft schwirig, und meine Mutter hatte damals mir die Schuld gegeben, dass Vater uns verlassen hatte. Und da hatte sie mich abgegeben, wie einen Hund«.

»Für mich bist du ein Goldstück«, meinte Hermes und grinste breit. »Mit keinem Geld der Welt zu bezahlen«.

»Wenn du so weitermachst, dann musst du mich adoptieren«, sagte ich.

»Wenn das denn ginge, würde ich es glatt tun. Ich würde dir eine Menge Liebe geben, wie es in einer Familie sein soll. Du kennst das nicht. Ich schon. Ich hatte eine wundervolle Frau und bei der Geburt meiner Enkelin war ich entzückt und verliebt«.

»Ich habe dich gern, Hermes. Bislang bin ich davon ausgegangen, dass Wölfe böse seien. Aber du zeigst es mir. Du zeigst dein Herz und deinen Verstand. Ich bin erst 16. Du hast schon mehr erlebt. Wenn du mich die Liebe und den Verstand lehrst, dann wäre ich dir dankbar. Ich habe keinen getroffen wie dich. Ich sehe in deine Augen und erkenne, dass du mich magst. Und dein Gesicht hat eine Wärme, wie die eines Menschen der Liebe gibt und Liebe nimmt«.

In diesem Moment wurde ich geliebt und verstanden. Hatte eine Göre das verdient? War ich Mensch genug, um mehr davon zu erhalten? Hermes sah mein Grübeln. Ich riss mich aus den Gedanken.

Ich sagte: »Habe mich eben selbst gefragt, ob ich gut genug bin. Verzeih mir«.

»Kein Problem. Jeder grübelt mal. Und du brauchst dir keine Vorwürfe zu machen. Alles wird wieder gut. Jetzt bin ich mit dir, und ich lasse dich in dem Zustand nicht weg. Du stehst auf der Schwelle zum Erwachsensein. Du brauchst den richtigen Pfad zum guten Dasein. Wenn du ein Mensch sein willst, dann nehme dir meine Ratschläge zu Herzen«.

Was für ein weiser Zeitgenosse. Er ist mehr denn nur ein Wolf. Er war früher ein Mann, mit Gefühlen und Weisheiten. Und ich bin offen. Bin offen wie ein Buch für ihn. Er liest meine verschiedenen Ausdrücke. Und bald würde er mich kennen. Und wenn dies eintrifft, dann könnte er mir einen Spiegel zeigen, damit ich zur Selbsterkenntnis komme. Das fehlt mir. Das Bewusstsein darüber wer ich bin und wie ich bin.

Kapitel 5

Wir liefen steil bergauf. Wie weit ist es bis zum Himmel? Zur Sonne? Ich war entzückt darüber, dass Hermes so friedfertig an meiner Seite war. Und doch vermutete ich ein Geheimnis hinter seiner Stirn. Eine Sache, die er mir bald auftischen würde. Was es ist, konnte ich mir nicht ausmalen. War ja keine Gedankenleserin. Er aber schon. Er war mir einen Schritt voraus. Er nickte, bevor man was sagen konnte. Ja, das ist Gedankenlesen. Und ich war froh, dass Hermes mich baldigst in- und auswendig kennen würde.

»Ich sehe, dass du dich frei fühlst«, sagte er. »Dabei kennst du nicht mal mein Geheimnis. Das hüte ich wie ein Ei. Aber bald wirst du alles erfahren. Sei geduldig, die Zeit ist bald reif.«

Ich stampfte auf den Boden. War unbeherrscht: »Meine Güte, Hermes. Da wird man ja verrückt mit dir. Wenn du was auf dem Herzen hast, dann nur raus damit. Wir sind hier nicht zwischen Hellsehern, oder doch?«

»Doch das sind wir. Ist es ein Wolf, der hier mit einem Menschen spricht? Das ist eine Welt voller Phantasie. Du kennst es nicht. Aber ich führe dich ein. Alle Tiere dieses Landes sprechen wie du, wie ein Mensch. Du warst niemals im Wald, oder?«

Ich runzelte erstaunt die Stirn. Ja, dass Tiere sprachen, war mir was Neues, und doch war ich froh darüber. Denn mit wem sollte man hier im großen Wald reden? Hermes schien mein persönlicher Retter zu werden. Bislang gab es keine weiteren Gestalten auf dem Berg außer ihm. Hatte der Wolf nicht von einem Bären gesprochen? Ich hoffte, ihm nicht zu begegnen, denn er ist, laut Hermes, unausstehlich.

»Ich sehe Furcht in dir, Sarah. Wenn es wieder bergab geht, werden Gefahren kommen. Jetzt aber sind wir sicher. Sei unbeschwert. Das ist die erste Lektion. Eine Lehre, die weit verbreitet ist in Sankt Frontier. In deinem Heim gibt es keine Lektionen, nur die der Härte und Wut. Du kennst es nicht anders, und deshalb drehe ich dir keinen Strick daraus«.

»In der Schule werden wir immer hart angegangen. Die Lehrer sind streng. Wir werden auf Leistung getrimmt. Ich bin froh, ausgerissen zu sein. Das kann keiner ertragen.

Hier aber ist es schön, obwohl ich manchmal ängstlich bin«.

Hermes lief vorneweg, ich folgte ihm auf Schritt und Tritt. Er hatte recht, es gab keinen Grund zur Sorge. Wenn selbst ein Wolf fröhlich ist, was kann es dann Schlimmes geben?

Er pfiff wie ein Mensch. Aus lauter Freude. Und ich tat es ihm gleich. Ängste, sie verschwinden wieder. Man braucht nur den richtigen Einfall. Das Pfeifen war das. Ich trat auf kleine und große Äste. Hermes sagte ja, es sei sicher hier. Deshalb trottete ich unbeschwert über das Geäst.

»Jäger. Gibt es solche hier, in diesem Wald? Sie würden dich erschießen, oder?«

»Nein, Sarah. Nur wenn ich Schafe reißen würde. Aber das tue ich nicht. Sei getrost. Es wird derlei nicht passieren«.

»Was isst du denn, Hermes? Tiere oder Gräser?«

»Es gibt einen Bauern hier, der mir an jedem Tag etwas Fleisch abgibt. Ich brauche nur am Hof des Bauern Schmidt vorbei zu schlendern. Ich glaube er würde dir ein Stück geben. Du musst bald hungrig sein. Und hier gibt es nur Fichten und Pilze. Oder magst du Pilze?«

»Ich mag Champignons. Aber die gibt es hier nicht. Hab als Kind die Sorte ›Hallimasch‹ gesammelt, aber die muss man kochen. Roh darf man sie nicht essen. Gibt es keine Beeren? Nichts gegen das Fleisch von Bauer Schmidt. Wo ist denn sein Hof?« »Unten im Tal. Es liegt auf unserem Weg. Und Beeren kriegst du gleich«. Hermes streichelte sich die Nase und nieste laut. »Können Wölfe niesen?«

»Ich kann es. Ich kann alles. Diese Welt ist dir fremd. Aber ich werde dich weiterhin einführen. Sieh nur, ein Eichhörnchen. Da huscht es über den Baum. Das sind die schönen Seiten hier«.

»Ich mag Eichhörnchen. Sie sind putzig und ungefährlich. Sieh nur, wie es die Nuss in den Händen hält«.

Der Wolf pflückte mir ein paar Beeren. »Heidelbeeren gibt es nur im Sommer. Nimm sie und iss. Sie schmecken wundervoll. Satt wirst du nicht davon, aber probiere sie einmal.

Und dann gehen wir zu Bauer Schmidt hinunter«.

Ich nahm ein paar in meine Hände und kostete sie. Sie waren angenehm und ich dankte Hermes dafür. Er wurde mir zum Freund, kümmerte er sich doch so um mich. Es schien mir, dass ich sein Rudel bin, welches er früher bei sich hatte. Das er vor kurzem verlassen hatte. Er war einsam, das spürte ich. Und so waren wir füreinander da. Eine Win-Win Situation.

Kapitel 6

Wir erreichten die Spitze des Berges und Hermes ließ sich den Wind über die Nase wehen. Das ist Freiheit. Ich kannte das nicht, der Wolf aber schon. Und wir beide waren froh, uns hier im Wald getroffen zu haben. Er war mein Ersatz-Vater. Hermes, der sprach und ein fühlendes Wesen war. Der eine Weisheit hatte wie ein alternder Mann.

Ein Foto von meinen Eltern hatte ich nicht. Ich würde sie gerne Mama und Papa nennen. Aber das war unpassend. Sie waren mir nicht nahe genug. Sie waren wie Fremde. Der Wolf war für mich mehr, denn sie es waren. Und Hermes hatte das bemerkt. Sein Gesicht strahlte.

Er erkannte das gute Gefühl, welches ich für ihn hatte, und das üble, das in mir für Vater und Mutter drin war. Ich würde sie gerne lieben. Melden sie sich? Bekäme ich die Chance sie heute zu erleben? Oder war der Wolf jetzt mein Zuhause?

»Hier oben ist es wundervoll, Sarah. Ich bin jeden Tag hier und genieße die Aussicht«.

Ich war für die Schönheit der Natur immer mehr zu haben. Der Wolf beruhigte mich mit seiner Art. Mir kam es so vor, als schwebten wir über der Stadt, in der die Schule grausam und das Heim schlimm waren. Domizile, in die ich nie wieder zurückzugehen gedachte. Ich mochte diese Stunden unter den Fichten. Mir gefiel der Wolf. Und das Eichhörnchen.

Wir waren die ganze Nacht im Wald gelaufen und ich hatte meine Angst besiegt. Eine Furcht, die der Wolf nicht kannte. Der Morgen war atemberaubend, frisch die Luft. Hermes meinte, wir müssten uns ein wenig hinlegen. Ich war anderer Meinung, war voller Energie. Und so blieben wir wach.

Auf der Bergspitze standen keine Bäume. Sie war kahl wie der rasierte Kopf der Lehrerin Frau Weise. Sie hatte sich ein Tattoo auf den Schädel auftragen lassen. Mir gefiel ihre Art, sie war die Einzige in der Schule, mit der ich etwas anzufangen wusste. Sie unterrichtete Deutsch und ich glaubte, die Sprache zu beherrschen, wäre eine gute Sache. Der Wolf verstand alles, was ich meinte. Wo hatte er denn Deutsch gelernt? Beim Rudel? Dass Tiere sprechen, wurde mir immer sympathischer. Hermes hatte eine korrekte und deutliche Aussprache, welche mich umhaute. Seine Stimme war tief und seine Weisheiten phänomenal. Die Art, wie er mir Ratschläge gab, war freundschaftlich. Und seine Haltung Menschen gegenüber offen und ehrlich.

Er ist kein Raubtier, seine Wiedergeburt war ihm bewusst. Dass er früher ein Mensch war, zeichnete ihn als Wolf aus. Die Welt ist mir sonderbar.

»Das ist es, was du denkst. Dass ich gutes Deutsch spreche. Aber mein Deutsch ist von früher«, sagte Hermes zu mir. »Ich habe die alte Sprache meiner Vorfahren. Du hast die gleiche alte Sprache in dir. Glaube mir, wenn ich sage, wir sollten die neue Sprache von Sankt Frontier lernen. Lernst du sie nicht in der Schule?«

»Die Lehrer können mich mal«.

»Mit dieser Einstellung lernst du gar nichts, mein Liebes. Besinne dich. Sei ein gutes Mädchen. Das ist Lektion Nummer zwei. Wenn du offen bist für meine Lehren, dann lernst du das gute Leben. Du hattest die Lehren der

Schule blockiert, weil die Lehrer doof sind. Ich versuche dich bei Laune zu halten. Okay?«

Ich war froh, dass er mich nicht unter Druck setzte. All das Geschwafel der Lehrkräfte hatte ich ignoriert. Sie waren echt blöd. Manchmal bekam man die Rute auf die Finger.

»Ich will etwas von dir lernen, Hermes. Du scheinst ein guter Motivator zu sein«.

»Ich nehme dir nicht übel, wenn du für die eine oder andere Lektion keinen Bock hast. Ich habe Geduld«.

Ich grinste Hermes an und umarmte ihn. Seine Wärme war unübersehbar. Ich spürte seinen Körper an meinem. Ich liebte und schätzte ihn.

Ich setzte mich an den obersten Punkt des Berges und sagte zu Hermes, von einer neuen Sprache wisse ich nichts. Ich redete nicht anders und bin nicht von gestern. Er könne sich beruhigen, denn ich verstand sein Palaver und was wollten mir mehr? Mit Wort und Tat waren wir uns nahe und einig. Hermes entspannte sich. Er war ein lässiger Wolf, das wusste man im Wald, wie ich später erfuhr. Er setzte sich zu mir an den Punkt, der uns frei sein ließ. Die Spitze des Berges, welche uns den Atem raubte. »Wie wundervoll es hier ist«, sagte ich. »Hab ein Gefühl wie ein Adler«.

»Woher weißt du wie ein Adler fühlt, Sarah?«

»Ich sah Bilder eines Adlers in der Schule. Erhaben und mutig schwebte er über den Bergen. Wenn ich ihn mir jetzt vorstelle, fühle ich mit. Empathie, Hermes. Das ist es«.

»Das weiß ich doch, Kleines. Ich spüre, was du fühlst. Da hast du recht. Das ist Empathie. Mitfühlen mit dem Nächsten. Ich sehe den Adler, braun und groß ist er. Erhaben wie ein großes Tier, welches keine Furcht aber Mut hat. Und ich sehe es in dir. Du bist der Adler«.

Ich wurde überrumpelt. Er bezeichnete mich als mächtigen Adler, wo ich doch ein junges kleines Mädchen war. Ich hatte zwar braunes Haar und einen dunklen Teint, aber ein Greifvogel war ich dennoch nicht. Mein breiter Mund und das Stupsnäschen schlossen das aus. Der Steinadler hat einen spitzen Schnabel, mit welchem er seine Beute fraß. Ich bin weniger grausam. Bin kein Killer, nicht wahr?

»Hermes. Siehst du mich als Tier? Bin ich wild und gefährlich wie ein solches? Oder hast du Hoffnung für mich? Sag bitte, dass es nicht zu spät ist mich zu belehren«.

Der Glaube an meine eigene Person war groß, schon immer. Hermes zeigte mir den Spiegel, worin man sah, wie frech ich war. Und seine Lektionen würde ich nicht abtun.

Wenn ich einen Adler darstellte, dann war es so. Der Wolf sah mich so. Und er ist schlauer als ich. Ja, diese Art war grob, aber Hermes bestätigte mir ein Herz, welches in meinem Leib schlug. Das gab die Motivation, an mir zu arbeiten. Mit seiner Hilfe würde ich das angehen.

Kapitel 7

Ich trat von der Bergspitze weg, denn man hörte eine Stimme. Sie säuselte, war zart und sanft. »Hörst du das, Hermes? Da, schon wieder. Da spricht doch einer zu uns. Ein Kind womöglich. Jetzt, hörst du es nicht?«

Der Wolf schaute über seine Schulter. Er hörte es. Und er trat zu mir heran. Er will mich beschützen? Wo er doch mein Freund war? Seine Schritte wählte er mit Bedacht und Vorsicht. Da er neben mir stand, rief er: »Wer ist da? Tritt hervor und gebe dich zu erkennen. Bist du für oder gegen uns?«

Das Säuseln wurde klarer. »Ich bin hier, meine Lieben. Hier am Baum. Seht Ihr mich nicht. Bin klein aber nicht unscheinbar«.

»Wir sehen dich nicht«, sagte ich und sah einem Stamm hoch. In zwei Metern Höhe sah ich es. Es war ein schimmernder Winzling. In blau und orange. Es saß auf einer Fichtennadel. Und mir schien es, als lächle sie.

Hermes trat mit den vorderen Pfoten auf den Baumstamm. Dabei sah er hinauf und sagte:

»Mein lieber Schmetterling. Wie heißt du? Und wieso sprichst du uns an?«

Das Tierchen setzte sich auf seine rechte Schulter und verharrte dort.

»Meine Lieben. Ich bin von Gott gekommen. Bin ein Engel und möchte bei euch sein. Um euch zu behüten und den Weg zu weisen. Mein Name ist Viodora«.

»Ein Engel?«, fragte ich und hielt dem Schmetterling meine kleine zarte Hand entgegen. Es setzte sich auf zwei Finger und kitzelte mich, auf eine schöne Art. Ich war perplex, eine solche Zärtlichkeit zu spüren ist phantastisch. In der Kindheit gab es so etwas nie. Erst da Savannah in mein Leben trat, fand ich eine Freundin, die mir zugetan war. Sie spürte das Verlangen nach Nähe. Und so umarmten wir uns regelmäßig. Kein anderer war mir lieber denn sie und der Wolf. Und jetzt Viodora. Der Schmetterling sah durch mich hindurch. Hinter der Stirn fand sie den Verstand. »Du bist schlau, Mädchen. Warte, dein Name ist Sandra«.

»Nein, Sarah ist mein Name«.

»Entschuldige mich. Mein Gefühl hat mich getäuscht.«

»Halb so schlimm, Viodora. Das ist Hermes«. Ich zeigte auf den Wolf. Er verbeugte sich und sprach: »Ein Engel, in Form eines Schmetterlings. Wie schön das ist. Herzlich willkommen in unserer Gruppe. Du bleibst doch eine Weile, oder?«

»Ihr seid mein Auftrag. Ich zeige euch einen sicheren Weg durch diesen Wald. Seid beruhigt. Ich spüre in fünfhundert Metern Weite, wer sich uns nähert«.

Ich meinte sorgenvoll: »Mir wurde gesagt, hier treibe sich ein Bär herum. Müssen wir uns da Sorgen machen?« Viodora verstummte, doch sie flog voran. Und Hermes und ich hängten uns dran. Wir ließen die Bergspitze hinter uns und traten in einen tiefen Wald ein.

Die Geschichte dieses Schmetterlings kannten wir nicht. Was ich sah, war, dass sie wunderschön ist. Was war ihr schon Schlimmes geschehen in ihrem Leben? Sie hatte nur Gutes erhalten und Böses mit einem Wisch abgetan. So sind doch Engel.

Sodann gab sie doch zu verstehen: »Ja, es gibt einen Bären. Er ist furchtbar, grausam. Ich gehe ihm aus dem Weg. Und doch ist er ein guter Jäger. Ich kann euch nichts versprechen. Entweder wir treffen auf ihn oder nicht. Wenn er unsere Fährte sieht, dann sieht es schlimm aus«.

Hermes sah sich um, er hatte Furcht. Ein Wolf mit Angst, ist mir nicht untergekommen. Aber ich bin jung, da kann noch vieles kommen. Wer kennt schon seine eigene Zukunft? Ich wollte mich einbringen und lief vorneweg. Trat auf Äste und Nadeln. Da der Wolf mein Ungestüm sah, setzte er sich an die erste Stelle. Viodora umspielte uns, umkreiste mich und Hermes. Und sie blieb stumm. Wenn wir mutig sind, dann ist es so.

Der Schmetterling kreischte laut: »Meine Güte, der Bär. Er kommt und das immer näher«. Sie hatte eine Vorstellung von dem Bären. Wir kannten ihn nicht. Entsetzt fragte ich nach: »Ist er vor oder hinter uns?«

»Wenn wir den Berg hinabsteigen, werden wir auf ihn treffen. Das verspreche ich euch.

Lasst uns Stöcke sammeln. Als Waffe machen die sich nicht schlecht. Wir verscheuchen ihn mit den Stöcken«.

»Ich befürchte, dass Stöcke nichts ausrichten. Ohne Spitze erst recht nicht«, sagte ich.

Hermes trat auf einen meiner Füße und sprach: »Sei nicht pessimistisch. Die Lage könnte schlimmer sein. Sieh alles positiv. Das ist die nächste wichtige Lektion«.

Viodora flog auf der Stelle und fragte: »Ihr habt Lektionen? Wie schön das ist. Ich hörte, dass Sarah grob sei«.

»Das war sie. Bis heute«, sagte Hermes. »Wir kriegen sie schon hin. In einer Woche werden wir einiges schaffen«.

Viodora: »Ich habe von dir gehört, Hermes. Weisheit und Stolz ist deine Waffe. Du reißt keine Schafe. Das ist dein Glück. So wirst du lange leben. Du bist der Richtige für Sarah. Ich aber zeige euch den sicheren Weg«.

Ich war froh, zwischen solch schlauen und schönen Gestalten zu stehen. Sie waren wie Bruder und Schwester für mich. Der Wolf sogar wie ein Vater. Ein sicherer Weg ist okay. Und der Schmetterling war wunderschön.

Hermes trat zur Seite und ich streichelte ihn über das Fell. Er genoss es sichtlich, stöhnte laut auf und schwärmte von mir. »Wie toll du bist, meine Liebe«.

Nähe und Zärtlichkeiten sind mir wichtig. Jetzt, da ich sie nicht nur von Savannah erfuhr, gereichten sie mir zur Wonne.

Kapitel 8

Der Schmetterling setzte sich auf einen Baum und gab uns eine Biologie Stunde. »Diese Kiefer ist sechshundert Jahre alt. Hat eine Höhe von über vierzig Metern«. Ich sah die Wald-Kiefer hoch. »Der Stamm ist schön dick. Ein uralter Baum«.

Hermes meinte, er liebe alte Sachen. Sie haben Charakter und Stil. Er sprach von der Kiefer wie über sich selbst. Und ich gab ihm recht. Er war ein markanter Wolf, der Geschichte trug. »Du bist ein starker Charakter«, sagte ich und schmunzelte.

Der Schmetterling gab zu verstehen, dass die Rodung der alten Bäume hier nicht halt mache. Charakter hin oder her. Holz war begehrt, schon immer. »Wir beuten die Wälder aus. Wo sollen die Tiere hin? Wo mögen sie leben? Bald werden die Forstwirte hier aufschlagen und viele Bäume abholzen«.

Hermes meinte, so ein Forstwirt müsse schon wetterfest sein. Neben der Abholzung pflege und schütze ein solcher den Wald.

Ich meinte: »Das ist nichts für mich. Da müssen richtige Männer ran, ja? Der Umweltschutz an sich ist ja eine richtig gute Arbeit. Da kann man sich schon reinsteigern.«

»Liebe Sarah«, sagte der Wolf. »In alles kann man sich reinsteigern. Sollte man sogar. Wenn du ein Spezialist bist, hast du eben Ahnung. Ich war früher Handwerker und habe das nie bereut. Eine solche Ausbildung ist schon komplex«.

»Was hast du denn genau gearbeitet?«

»War in einem Automobilbetrieb tätig«.

Ich horchte auf und fragte, ob es der große Betrieb sei, der zwei Städte weiter sein Anwesen habe. Hermes bestätigte das und runzelte die Stirn. »Ich habe gerne gearbeitet. Als Wolf ist es anders. Ich wäre gerne wieder ein Mensch. Würde gerne mein eigenes Geld verdienen. Eine Familie gründen, da mir meine Frau abhandengekommen ist. Ich finde sie nicht. Das ist schrecklich. Wir waren eine Einheit und nur Gott weiß wo sie zu finden ist«.

Ich war perplex. »Willst du eine neue Familie oder deine Frau zurück? Mir scheint du bist ein loyaler, treuer Mann«.

»Ich liebe meine Frau. Sie ist es, die ich möchte. Die ich liebe. Ich hatte Angebote, die ich ausgeschlagen habe, weil sie mir im Verstand steckt. Ich denke täglich an sie. Ich hätte mich eben besser ausdrücken müssen«.

»Halb so schlimm. Hast es jetzt klargestellt«.

Ich rief Viodora herbei. »Schmetterling. Wenn du ein Engel bist, dann wäre es möglich, dass ... Könntest du seine Frau nicht rufen? Da du doch ein Engel bist«.

Ich weigerte mich, zu akzeptieren, dass Hermes ohne seine große Liebe ist. Ob sie denn ein Wolf war? Nur so ginge es. Ich wartete auf Viodoras Antwort. Sie umschmeichelte mich und sprach: »Sie ist eine Wölfin, drei Jahre alt. Wo sie steckt werden wir herausfinden«.

Es war möglich. Hermes findet seine Liebe wieder. Doch was wird aus mir? Wird mir ein Partner zufliegen? Aber hier im Wald? Ich möchte nicht alleine bleiben«.

Der Wolf sah auf und grinste. Er spürte meinen Gedanken und meinte, er sei immer für mich da. Da ich den Worten glaube, streichele ich Hermes über seinen Kopf. Ich sagte: »Du wirst deine Frau wiederfinden. Heute oder morgen, aber ganz bestimmt«.

Hermes winkte mit der linken Pfote ab. Ich verstand, dass wir ihm wichtig waren. Dennoch waren wir uns gestern noch fremd. Wie weit ging seine Liebe für mich? Und wie weit ließ ich ihn in mich hineinschauen?

»Meine Liebe. Lass uns durch dieses Gebiet durchkommen. Die Wald-Kiefern ringen mir einen Respekt ab. Ich wäre lieber schon wieder auf einer Lichtung. Bin zwar ein Wolf, aber nicht gefühllos«.

Ich fand Hermes putzig. Er war nett. Ein Gentleman und ein mutiger Mann. »Wenn dir die Bäume furchteinflößend sind, dann lasst uns schneller gehen. Wir werden doch bald unten sein«.

Viodora nickte und säuselte, fix war ihre Rede klarer. »Ihr habt heute Morgen nichts gegessen. Unten ist Bauer Schmidt. Er wird euch den Magen füllen«.

»Den kenne ich schon vom Hörensagen«, meinte ich. »Gut, dann machen wir das so. Bauer Schmidt ist unser Ziel«.

Wir traten durch den dichten Wald. Ich hegte keine Furcht. War mutig und abgeklärt, obwohl der Wolf mich sensibler stimmte. Ich war beides: kräftig und sanft. Fühlte den Schmetterling, wie schön sie doch war. Sie opferte sich auf, um uns den sicheren Weg zu zeigen. Heute könnte dieser Bär auftauchen, dann wären wir alle in Gefahr.

Wer hatte sie geschickt? Glaube ich an einen Gott, der sie gesandt hat? Kann man das denn in Betracht ziehen? Ich fühlte mich überfordert, blieb stehen und kam erst einmal zur Ruhe.

Hermes verstand das sofort und machte einen kurzen, aber nötigen Halt. Und Viodora sah ich nicht. Wo ist sie geblieben? Sie ist doch auf unserer Seite? Sie würde uns warnen, sollte etwas Brutales auf uns warten? Ich stellte mir einige Fragen und bekam keine Antwort.

Ich bemerkte, dass Hermes meine Gedanken sah. Konnte ich die seinen lesen? Ja. Er war sich sicher, dass der Schmetterling uns behütete. Ich fühlte diese Gewissheit in ihm aufkommen.

»Viodora kennt doch den Weg?«, fragte ich Hermes. Er sah mich verwundert an und schielte in die Ferne. Soweit er sehen konnte, zwischen all den Bäumen. Er versicherte mir, dass ich recht sprach: »Ja, sie kennt den Weg. Engel wissen das, sie spüren, wo es langgeht und wo die Gefahr lauert. Ich habe noch nie einen Engel in Schmetterlingsgestalt gesehen. Aber ich glaube ihr«.

»Damit hast du alle meine Zweifel beiseite getan, lieber Hermes. Ohne dich hätte ich längst aufgegeben. Du zeigst und vermittelst mir Mut«.

»Du warst schon immer mutig, nur nicht wunderbar. Ich sehe einen Glanz aus dir strahlen. Das ist neu«.

Ich sah mich verstanden und gelobt. Ein Wolf macht mir Komplimente. Was für eine verrückte Welt. Jetzt müsste mir nur der Schmetterling auf den Kopf kacken. So wäre die Gegenwart eine Normalität. Auch waren die Stimmen der Tiere normal. Ihre Sprache, ihre Weisheit.

Viodora war plötzlich und leise wieder bei uns. Zuvor hatte sie die von Büschen dichte Gegend überflogen. Ihre samtweiche Art hatte vorhin noch zu wenig Informationen. Nun aber war sie sich deutlich sicherer. Vor uns läge eine

Hütte. Sie sei der offizielle Rückzugsort des Bauern. Etwas weiter, außerhalb des Waldes läge Herrn Schmidts Bauernhof. Viodora zuckte ein wenig und sprach sodann, wir mögen diese Hütte anpeilen. Womöglich habe Herr Schmidt dort Vorräte und ich käme zu einem Stück Brot und Fleisch, da ich heute Morgen noch nichts zu mir genommen habe.

Wie sie das alles spürte, ist mir ein Rätsel. Das ganze Tier, wie ich es hier sah, ist rätselhaft. Denn ihre Ausstrahlung verbesserte sich von Minute zu Minute. Wo sie hinflog, hinterließ sie einen goldenen Schleier. Das war sonderbar und phantastisch.

Als sie einen Bogen flog, entstand ein kugelrunder Schweif und ich ging hindurch. Wie schön es um mich herum war, kann man nicht in Worte fassen. Ich versuche es dennoch: Mir schien, als wäre der Himmel herabgekommen, habe sich auf Viodora gesetzt und sie mit Liebe überhäuft. Dieser goldene Dunst war Liebe pur und ich mochte dies zunehmend.

Hermes trat durch den Schweif und wollte wissen, ob ich über die Liebe sprechen wolle?

»Klar«, sagte ich. »Die Liebe scheint mir das einzig Wahre im Leben zu sein. Eine Wahrheit, die wie eine Illusion daherkommt. Ist es möglich, dass auch ich eine Illusion bin?«

Viodora setzte sich auf meine linke Schulter und sprach:

»Aber was ist denn, wenn der Himmel eine Illusion ist?«

Ich spürte, dass sie mich testen wollte. Klugheit machte sich in ihr breit. Und ich vermochte nicht, schlauer zu sein.

Viodora: »Ich bin Realität, weil Ihr mich seht. Aber was ist Gott? Den wir hier nicht sehen?«

Diese Frage war durchaus berechtigt. Ich glaubte zunehmend an diesen Gott. Auch Gefühle kann man nicht sehen. Und doch spüren wir sie. Sie sind da, obwohl unsere Augen sie nicht vernehmen. Es soll Geistliche geben, die Engel sehen können. Und ich möchte diesen keinen Strick daraus binden.

Kapitel 9

Ich war erquickt. Der Schmetterling leuchtete wie eine LED-Lampe. Das ließ mich mehr an die andere Welt glauben, als alle Bewohner der Stadt es taten. Ich versuchte, nüchtern zu sein, doch die Welt der Phantasie ist wundervoll. Und so glaubte ich es. Das Leuchten hielt eine Stunde an, Viodora war mit Energie getränkt. Was wiederum mich auflud. Ich fühlte eine Kraft in mir, als habe ich die Erde auf den Schultern. Die Verantwortung aber wollte ich nicht übernehmen. Was konnte meine Person der Welt schon mitgeben? Ich kann die Menschheit absolut nicht retten. Kann sie meiner Ansicht nach nicht auf den richtigen Pfad führen. Wo ich selbst erst ankomme in meinem schön gewordenen Leben.

Viodora blieb auf einer Stelle und schien recht nervös zu sein. Ihre Flügel schlugen schnell. Und sie zischte einen O-Laut. Was sah sie? Was fühlte sie? Waren wir einer Gefahr ausgesetzt? War der Bär schon vor uns und pirschte sich an uns heran?

»Meine Lieben. Es liegt Spannung in der Luft. Wenn ihr mich fragt, dann ist der Bär einen Kilometer entfernt. Ich sehe es deutlich vor mir. Er schlägt mit seinen Tatzen in die Luft. Ich hoffe nur, er riecht uns nicht«.

Hermes meinte: »Liebe Viodora. Bären haben einen ausgeprägten Geruchssinn. Glaube mir: Er riecht uns. Ein Bär wiegt über 200 Kilogramm. Und wird 20 bis 30 Jahre alt. Er sucht am Tage meist Nahrung und wir sind das Opfer«.

Ich meinte: »Wenn er sich auf uns legt, haben wir keine Chance zum Überleben«.

Ich hatte den Nagel auf den Kopf getroffen. Dieser Wolf würde uns niederreißen oder zerreißen. Was ich von ihm höre, ist gewaltig und grausam. Man konnte nur hoffen, dass die Angst mich nicht überfiel.

Ich nahm allen Mut zusammen und knirschte mit den Zähnen. »Wir müssen uns verstecken und aus dem Hinterhalt kommen. Da drüben sind passende Büsche. Hermes versteckt sich dort, Viodora bleibt weiter auf der Stelle und ich locke ihn herbei. Das schaffen wir. Ist nur eine leichte Übung«.

Wir warteten eine halbe Stunde, doch der Bär kam nicht.

»Wir gehen weiter. Bis zu Schmidts Holzhütte. Ich kenne den Weg dorthin«, sagte Viodora.

Hermes sah sich zunächst um und meinte: »Wir bleiben trotzdem in der Vorsicht. Bilden eine Schlange auf Sicht und besuchen Bauer Schmidt. Er wird sich über Gesellschaft freuen, nachdem seine Frau vor zwei Jahren starb«.

Hermes schien alle zu kennen. Ich sah in ihm die Geselligkeit. Seine Art war so und er machte sich damit viele Freunde.

Dabei vergaß ich, dass er ein Tier war. Kann ein Wolf gesellig sein? Meine Antwort war: ja. Er kann. Und er wird es immer wieder tun.

Das wollte ich mir bei ihm abschauen. Wie schön wäre es, Dutzende Freunde zu haben?

Beliebt zu sein, das war es, wonach ich strebte. Und es würde mir bald gelingen, dachte ich.

Ich war nie Klassensprecherin und nicht der Clown. Man kannte mich unter dem Pseudonym »Fresse« weil ich eine große Fresse habe. Würde sich das ändern?

Der Ausdruck »Fresse« schien mir übel behaftet. Sollte ich nett und doch kommunikativ sein, so wäre meine Welt in Ordnung. Dann hätte ich Freunde, wenn schon keine Familie.

»Ich wäre gerne so beliebt wie du, Hermes. Du hast doch Freunde, oder? Zum einen bist du nicht auf den Mund gefallen. Zum anderen hast du gute Manieren. Schaffe ich das? Werde ich sein wie du?«

Hermes tat den nächsten Schritt. Wir setzten uns in Bewegung. Seine Antwort blieb aus. Zu Bauer Schmidts Hütte ist es nicht mehr weit, dachte ich. Hunger habe ich, wie ein Wolf. Hermes müsste Kohldampf haben, wie ich.

Viodora zischte herbei. Bis zu Herrn Schmidt sei es nicht weit. »Der Bauer ist freundlich. Er lässt uns nicht im Regen stehen. Verdammt. Welche Richtung jetzt?«

Ich wurde fuchsteufelswild. Zuerst gibt sie sich talentiert. Schon kennt sie den Weg nicht mehr.

»Verfluchte Scheiße«, sagte ich. »Wie konnten wir dir nur vertrauen? Was machen wir jetzt? Wie finden wir zur Hütte? Und wo gibt es Wasser? Ich verdurste hier«.

Viodora blieb auf der Stelle. Wir mussten uns aussprechen. Doch es war Hermes, der hier vermittelte. »Meine Lieben. Wir ziehen an einem Strang. Lasst uns im Team arbeiten. Dann geht es besser«.

Ich meinte, im Team mit Viodora sei es nunmehr unerträglich. Sie wisse den Weg nicht. Sie habe den Bären in unserer Nähe gefühlt. Doch wo bleibt er? Sie sei nicht kompetent.

Hermes staunte nicht schlecht, blieb stehen und streichelte Viodora. Sie habe keine Schuld. Sie tue ihr Bestes. Er habe ihre warmherzige Ausstrahlung erkannt. »Wer macht keine Fehler, Sarah? Du? Ich? Bei weitem nicht. Wir sind alle fehlerhaft. Nicht perfekt und nicht ausgereift. Ihre Wärme ist vorbildlich und schön. Das ist es, was ich bewerte«.

»Es tut mir leid, Sarah«, meinte Viodora. »Ich gehe nach meinem Gefühl. Wenn es täuscht, tut es mir leid«.

Ich war nicht nachtragend, nickte ihr zu und streichelte über ihren Flaum. »Hermes hat recht. Wenn wir drei nicht zusammenhalten, dann sind wir verloren. Gegen den Bären hätten wir keine Chance. Was dein Gespür angeht, bin ich ratlos. Ich hatte gestern noch keine Gefühle«.

Hermes trat an meine Seite: »Du hast jetzt Gefühle. Stelle dich nicht unter uns. Du bist genauso viel Wert wie wir«.

Dass Hermes mich als niveauvoll ansah, schmeichelte mir. Ich schmiegte mich an seine Seite und lächelte Viodora an. Sie setzte sich auf meine linke Schulter und ich spürte ihre Zartheit.

Ich war froh, den Ärger aus dem Weg geschafft zu haben. Wir blieben Freunde. Und schwammen auf einer Welle. »Wenn wir die Hütte finden, dann ist es gut. Wenn nicht, dann werden wir schon was anderes finden«, sagte ich.

Ich hoffte, dass Hermes und Viodora spontan waren, um uns aus dem schmutzigen Sumpf zu ziehen. Ich hörte einen Bach, einen kleinen, der aber Wasser trug und den Durst stillen sollte. »Lasst uns dahin gehen. Ich höre etwas plätschern«.

Ein paar Schritte weiter lag ein winziges Gewässer mit einer Breite von zwei Metern. Es plätscherte, und es war lebendig. Die Freude kam bei uns allen mächtig und schnell auf. Ich nahm den ersten Schluck, hielt dabei meine Hände ins Wasser. Wie aus einer Kelle trank ich daraus. Hermes kam nahe an den Bach heran und streckte seine Schnauze hinein. Viodora setzte sich auf das Gewässer und schlürfte leise. Nach einer vollendeten Minute waren wir zufrieden. Kaum Durst mehr unter uns. Nur der Hunger hielt an. Und doch blieben alle stumm, keiner traute sich, seine Gelüste auszusprechen.

Im Heim durfte so was wie Lust nicht aufkommen. Man wurde zur Mäßigkeit erzogen. Wo war da der Heißhunger? Wo das Schlemmen? Nichts von alledem war da.

Genuss ist per se ein Fremdwort in diesem Hause. Es war Hermes, der meine Wollust mit dem Wasser sah. Und er versprach mir, es gäbe bald Schokolade. Nur allzu gerne nickte ich und stellte mir das vor.

»Schokolade«, sagte ich. »Was ist das denn? Etwas Außergewöhnliches?«

Hermes schmunzelte: »Du kennst Süßes nicht? Komisch. Das kennt doch jeder in Sankt Frontier«.

Ich fühlte mich an den Pranger gestellt. Kannte es eben nicht. Was war da sonderbar daran?

Hermes zeichnete im Geiste ein Bild und ich sah es wie in der Mystik vor mir. Es war ein Stück Süßes. Er entpackte es in der Vorstellung und ich konnte hineinsehen. Das silberne Papier flog umher und darin verbarg sich eine braune Tafel. »Das ist Schokolade?«

»Und ob«, meinte Hermes aufbrausend. Er verstand nicht, wie man Süßes nicht kennen oder mögen konnte. Seine Worte schwebten herbei und ich sagte: »Ich glaube, sie schmeckt köstlich. Ich spüre sie auf meinem Gaumen«.

Die Vorstellung allein gab mir einen wilden Genuss. Ich wusste es nicht besser, als mit dem Geschmack zu liebäugeln. »Was muss ich tun, um echte Schokolade zu bekommen?«

»Da unten im Tal wird es welche geben«, sagte Hermes. »Da ist eine Stadt mit dem Namen Boulevard. Dort ist es massenhaft zu finden«.

»Ich habe nur kein Geld dabei«.

Hermes sagte: »Es wächst dort auf den Bäumen. Und du benötigst kein Geld, nur ein Lächeln. Die Leute dort sind freundlich. Und wenn du es bist, dann kommen wir schon ins Geschäft«.

»Ohne einen Geldschein? Nur mit einem Lächeln kommt man ins Geschäft?«

»Na, klar«, sagte Viodora. »Boulevard ist berühmt dafür«.

Ich kannte keinen Ort, wo man stets freundlich und lieb miteinander umging. Und doch wollte ich es zumindest probieren.

»Wenn alle in dieser Stadt nett sind, dann bin ich dabei«.

Hermes klatschte ungelenk in die Pfoten und Viodora zischte sanft an mir vorbei. Beide waren gut mit mir. Und an mir war es, gut mit ihnen zu sein.

HÜTTE

Kapitel 10

Wir traten durch Bäume hindurch. Äste verkratzten meine Hände und Viodora kam kaum durch das Geäst. Hermes, der Älteste unter uns, pirschte sich an die Holzhütte vom Bauer an. Er wurde vom Schmetterling gewarnt. Ich bückte mich, als wir die letzten Meter aufs Haus zugingen.

Die Hütte stand erhaben und da, mit Charakter und Geschichte. Schmidt hatte sie von seinem ersten Geld als Landwirt bauen lassen. Sämtliche Handwerker der Stadt waren damals zugegen. Man half sich in der früheren Zeit. Heute ist es anders.

Und doch hatte er teuer dafür bezahlt. Er war froh, dass er die Arbeiter bekam. Wo man heute wie damals solche Leute suchte.

Zwanzig Mann standen an jedem Morgen auf dieser Lichtung. Und bauten diese Holzhütte für den Bauern. Er freute sich darüber, dass diese Hütte so gut geworden war.

Stamm auf Stamm wurden gesetzt, zwei große Zimmer baute man ein. Ein Wohn- und ein Schlafzimmer. Der Bauer verbrachte von da an jeden Abend vor dem Kamin in dieser Hütte. Seine Frau und der Hund legten sich zu ihm.

Man konnte sehen, dass dieses Haus Seele hatte. Ich bemerkte das als erste unter uns dreien. »Schmidts Rückzugsort«, sagte Viodora und stieß sanft an die Tür. Hermes trat zwei Stufen hinauf. Da der Schmetterling nur leise war, so klopfte der Wolf an die Eingangstüre.

Als er die Türe berührte, öffnete sich diese heimlich und langsam. Wie von selbst stand sie halb offen. Viodora flog hinein. Und ich ging nach Hermes zwei vorsichtige Schritte.

Der Wolf johlte. »Meine Güte«, sagte ich. »Was ist das hier? Hier hat der Teufel gewütet. Ich muss hier raus. Nehmt es mir nicht übel. Ich kann das nicht anschauen«.

Der Anblick war nicht nur für mich außerordentlich bizarr.

Über einer Stuhllehne lag da eine Leiche. Ich wusste, wer das war, und wessen Kopf auf dem Boden hin und her rollte, weil der Untergrund nicht eben war.

Als Hermes laut rief, war ich schon zur Tür hinaus.

»Mein Gott. Wer hat das hier angestellt? Wer ist so brutal? Und wie lange liegt die Leiche da schon?«.

Viodora kannte die Antwort, sagte aus dem Gefühl heraus:

»Sie liegt seit einer Stunde da. Und es war Damir, der Bär. Dieser Wüstling hat eine schwierige Vergangenheit mit den Menschen und das ist seine Rache«.

Hermes meinte: »Wenn das so ist, dann ist ja alles geklärt. Und wir können weiterziehen. Wir nehmen das Brot da vom Tisch und die Milch dazu. Los, lasst uns gehen. Sarah ist schon draußen und ich habe keine Lust diesem Damir zu begegnen«.

Hermes trat aus dem Haus. Viodora flog kurzum in den Schlafbereich. Schmidts Frau war nicht anwesend. Ein Kind sah man nicht darin. Und kein Haustier.

Die Lage ist dennoch als schwierig einzustufen, denn ein Mensch war tot. Ein Mitglied des Ortes. Welcher keine Ruhe mehr finden wird, dachte ich.

Ich hoffe, die Bewohner sehen sich vor, war mein Gedanke. Wenn Damir sich in die Stadt wagt, wird das ein blutiges Ende geben.

Jäger würden eingesetzt, um den Bären zu erlegen. Ihn aus der Mitte zu reißen, in die er sich begeben hat. Das Volk kann das nicht gutheißen. Dass ein Braunbär hier um sich schlägt. Dass er brutal gegen Menschen vorgeht.

»Ich würde ihn erschießen«, sagte ich zu Hermes, als wir auf der Lichtung standen. Der Wolf schüttelte verneinend den Kopf. Er kannte Damir nicht und konnte ihn schwer einschätzen. Ich meinte weiter zu ihm: »Sind wir groß genug, um vor ihn zu treten?«

Hermes zweifelte: »Ich bin gegen Gewalt. Was habe ich dir heute beigebracht? Hat mein Appell nicht gefruchtet? Dass du hier so derb vorgehen willst?«

Ich hielt inne, dann sprach ich: »Ja, gut Hermes. Du hast absolut recht. Die Lage ist schwierig, aber meine Lösung genauso. Ich sollte sozialer sein. Wenn wir zuschlagen, tut dieser Damir das ebenso«.

»Gewalt erzeugt Gegenwehr«, sagte der Wolf.

Ich meinte: »Aber wird dieser Bär uns nicht jagen, wenn wir hier in der Nähe sind? Sollten wir nach Boulevard? Wo Menschen leben, wo die Stadt uns Schutz bietet?«

Viodora flog über mir. Sie setzte sich auf einen Baumstumpf. Dann meinte sie: »Er wird uns ab jetzt jagen. Wir sollten zwischen die Büsche gehen. Dort sieht er uns nicht. Nach Boulevard ist es weit. Er wird uns einholen. Dann sind wir eine sichere Beute«.

Hermes sagte: »Er hat uns längst aufgespürt und treibt sein Spielchen mit uns«.

Ich setzte mich auf den Boden der Lichtung und streichelte dem Wolf über sein Fell. Er fühlte sich wunderbar an.

»Das sollten wir öfter tun«, sagte Hermes. »Liebe ist das höchste Gut«.

Viodora: »Ich wäre lieber nicht hier, meine Lieben. Klar. Streicheleinheiten sind toll. Aber der Ort ist schrecklich. Wir sollten in die Büsche, zwischen die Bäume«.

Ich war die Erste, die von der Lichtung ging. »Sollten wir keinen Plan aufstellen?«

Hermes wurde wütend.

»Du willst ihn doch nicht totschlagen?«

»Nein, keines Falls. Nur einen Zeitplan und das Vorgehen. Welches Gebiet, und wie lange. Das alles sollten wir ... «

Viodora spürte etwas, da sie mir ins Wort fiel: »Ich spüre ihn. Lasst uns gen Norden in die Büsche gehen. Er kommt mit Sicherheit von Süden«.

Konnten wir des Schmetterling Gefühlen vertrauen? War das der sichere Weg? Ich meinte: »Wir sollten ihr eine Chance geben. Dann nach Norden«.

Hermes lächelte über meine Worte. Ich hatte gut gehandelt. Mein Gewissen war rein und ich hatte mir zwei Kumpane gemacht.

Lieber hundert Freunde denn hundert Rubel, sagt ein russisches Sprichwort. Und es hat absolut recht. Ich fühlte mich – nach dem Schock – endlich wieder besser. Weil ich solche Gefährten hatte, die an meiner Seite standen.

Sie sind gute Gestalten, konnte man sagen. Wer mochte sie nicht? Diese beiden nahmen das Leben in die Arme und handelten frei nach ihrem Gespür. Dumme Sprüche kann ein jeder fabrizieren. Aber vernünftige, weise Worte und Handlungen waren mehr denn das.

Ich hörte etwas in der Nähe. Und so trat ich flink hinter einige Büsche, Hermes und Viodora folgten mir. Wir duckten uns und hielten Ausschau nach dem Bären. Würde er jetzt und hier auftauchen? Oder sollten wir langsam weitergehen? Von Busch zu Busch huschen?

Ich befürchtete, dass wir erfolglos hier saßen. Er würde nicht kommen, war mein Gedanke.

Hermes sah in meinen Verstand hinein und meinte: »Ich denke, er kommt nicht. Gehen wir einige hundert Meter gen Norden. Entfernen wir uns von dieser Lichtung und der Hütte des toten Bauern Schmidt«.

Ich hatte einen anderen Einfall. »Wenn die Hütte einen Schlüssel hat, dann lasst uns darin verschanzen. Durch diese Holzwände kommt dieser Damir nicht durch«.

Ich schritt über die Lichtung, zur Holzhütte zurück. Der Hausschlüssel steckte von innen. Ich winkte die anderen herbei und sie folgten. »Meine Güte. Die Idee ist nicht schlecht«, sagte Viodora. Hermes nickte und lief ins Schlafzimmer. Ich drückte die Eingangstüre zu, nachdem der Schmetterling bei uns war. Sie kreiste dann vor dem Fenster des

Wohnzimmers, um sich zu vergewissern, ob der Bär denn käme.

Hermes schloss mit dem Maul das Fenster des Schlafzimmers und eilte herbei. »Sollten wir nicht von den Fenstern wegbleiben, damit er uns nicht sieht?«

»Ich will ihn kommen sehen«, sagte der Schmetterling. »Und was nützt es uns?«, fragte ich.

»Sei nicht zu pessimistisch«, sagte Hermes. »Bislang warst du schlau. Lass jetzt nicht nach, meine Liebe«.

»Ich lasse schon nicht nach, Hermes. Frage ja nur, ob es sinnvoll ist. Aber gut, dann schauen wir aus dem Fenster. Was tun wir, wenn wir ihn erblicken?«

Hermes sah sanftmütig zu mir herauf. »Nur keine Eile. Wir schaffen das schon«.

Viodora meinte, die Tür sei ja verschlossen. Eine Hintertüre gäbe es nicht. Wir seien in Sicherheit. Ihr Gefühl trüge sie nicht.

Kapitel 11

Nach einer Minute Spannung pur, seufzte ich erleichtert aus und ließ mich auf eine bequeme Couch fallen. Ihr blauer Stoffbezug gefiel mir. Diese Farbe versetzte mich stets in eine Ruhe. Ich sah zur Decke und atmete aus. Hermes sprang auf einen Sessel und sah durchs Fenster. Seine Sorgsamkeit verflog schnell, da er niemanden draußen vernahm. Er sprühte vor Energie. Wäre der Bär gekommen, sähe man Hermes tapfer kämpfen. Die Vorstellung war abstrus, dachte ich dann. Denn der Wolf war rundum friedfertig.

Ich spürte seine Sanftheit auf den Lippen. Die Zähne waren nur Makulatur. Er ist zahm wie ein Kätzchen.

So sahen wir uns zwei weitere Minuten an und ich grinste. »Ich finde, wir sind hier in einem Slapstick. Die Lage ist aussichtslos, doch wir schauen lässig drein. Was sagt Ihr? Sind wir Komiker?«

Viodora setzte sich auf eine Lehne der Couch und meinte, wir wären keine Komiker. Wie man darauf käme? Und so stellte ich mir die

Frage, ob ich nicht zu nachlässig sprach. Wir waren in einer gefährlichen Situation und ich sah nur den Witz in der Sache.

Hermes legte sich auf ein Bärenfell, welches in der Mitte des Wohnzimmers lag. »Wie warm und kuschelig das ist. Wir sollten locker bleiben. Denn wir leben nur einmal«.

Ich meinte: »Das schon, aber nicht mehr lange. Ich fürchte mich vor dem Bären. Ich bin ein 16-jähriges Mädchen. Was kann ich gegen so ein Monstrum ausrichten?«

Ich verweichlichte und es wurde von Stunde zu Stunde mehr. Sollten mich die Heimkinder so sehen, sie würden mir eine über die Birne geben. Wer Schwäche zeigte, wurde dort drangenommen. Wer aber groß war, wurde respektiert. So war mein Leben. Ich kannte es nur so. Die eine oder andere Bewohnerin wurde von mir angegangen, wenn sie winzig klein oder übergroß war. Grobe Mädchen waren in der Überzahl, so ist das Heim und so ist die Gesellschaft.

Ich musste an Savannah denken, die schlanke, große junge Frau. Sie machte den Unterschied, sie war die Ausnahme der Regel.

Ich fühlte mich ihr nahe, wenn ich die Augen schloss. Wäre sie hier, könnte sie mir beistehen. Hermes war zwar an meiner Seite, mit all seiner Weisheit. Savannah aber war eine Frau. Und wir verstanden uns blind.

Hermes schaute auf. Las er die Gedanken in mir? Ich wusste, dass er das beherrschte. Und ich sah es in seinem Kopf rattern. Durch seine Augen hindurch bis zum Gehirn sah ich es.

Er erhob sich und meinte: »Ich lese deine Gedanken, Sarah. Ich finde, du machst das super, hier mit uns. Und Viodora ist eine Frau, der du dich anvertrauen kannst, wenn du dich mit einer Frau besser aussprechen kannst«.

Ich sagte lauthals: »Verdammte Scheiße, Hermes. Musst du unbedingt meine Gedanken lesen. Ich finde das mittlerweile unerhört. Ich sehe dir nicht in dein Gehirn. Du aber nutzt deine Gabe und verletzt den Datenschutz. Es sind meine Gedanken, mein Geist. Meine Gefühle. Wenn ich sie dir anvertraue, dann tue ich das offenkundig«.

Hermes setzte sich wieder auf das Fell und schloss die Augen. Er murmelte etwas vor sich hin, wie wenn er sich bei mir entschuldigte. Ich nahm seine Entschuldigung an, indem ich entzückt dreinsah. Er lächelte verschmitzt.

Viodora sorgte sich um uns, als sie sprach: »Versucht zu schlafen. Ihr beiden habt die Nacht durchgemacht. Ihr solltet jetzt ein wenig ausruhen. Ich halte die Augen offen«.

Ich schlummerte, Hermes döste sofort weg. Wir ergaben uns dem Vorschlag des Schmetterlings und schliefen eine halbe Stunde.

Ich schreckte auf. Die Bilder vom Bauern machten es mir schwer. Ich schob den Stuhl mit seiner Leiche zur Seite. »Wie konnten wir so nur schlafen?«

Hermes erwachte. Hatte er mich gehört? Hatte er vernommen, dass ich die Überreste von Herrn Schmidt nicht mehr zu sehen vermochte?

Er nickte mir zu. »Ich finde es gut, wie sanft du bist. Deine Stadt bringt anderes zum Vorschein. Du aber bist wunderbar, im Aussehen wie im Geiste«.

Ich verstand nicht, dass er mich als schön ansah. Dann sagte er: »Deine Demut ist wundervoll, meine Liebe. Du machst enorme Fortschritte«.

Ich fühlte mich zahm, aber ebenso groß an. Die Mischung machte es. Hermes` Art ist durchweg wunderschön. Und der Schmetterling lief da nicht hinterher. Sie war ein Traum.

Da Viodora erwachte, war sie perplex, sah sich um und stotterte: »Wo bin ich hier? Mein Gott. Was ist das denn?«

Sie sah auf den Stuhl mit der Leiche des Bauern und ihre Farbe änderte sich in ein knalliges Rot. Dann saß sie auf dem Kopf von Herrn Schmidt, ohne es zu bemerken. Sofort zuckte sie zurück, war erschrocken und bedient.

Hermes trat an sie heran, hielt ihr seine Pfote hin. Sie setzte sich drauf und ließ sich vom Wolf ans Fenster bringen. »Öffne das Fenster«, sagte ich. »Und lass sie frische Luft atmen, Hermes«.

Der Wolf stieß mit dem Maul die Gläser auf und Viodora flog direkt aus dem Haus. Was suchte sie da draußen? Wo die Gefahr war? Musste ich sie zurückrufen, sie einfangen? Meine Güte, ja, dachte ich.

Ich öffnete die Hütte, trat hinaus, doch verkniff es mir zu rufen. Denn der Bär war ja in dieser Gegend.

Ich ging ein paar wackelige Schritte, überquerte die übergroße Lichtung bis in die Büsche, die von Kiefern gesäumt waren. Wo war sie? Und wieso ist sie da raus? Fragen über Fragen, aber ich musste sie mir stellen.

Viodora blieb in den nächsten zwei Minuten verschollen. Ich folgte dem Duft, den sie ausstrahlte, der mir bekannt war. Sie duftete nach Rosen. »Rosen mag ich«, sagte ich zu Hermes, der schon an meiner Seite stand und sich ungläubig umsah. »Klar. Rosen magst du. Ist ja gut, aber wo ist Viodora?«

Ich wagte einige Schritte in den Wald hinein, obwohl die Hütte mir sicherer schien. Aber den Schmetterling zu verlieren kam nicht in Frage. Sie war es, die uns Sicherheit vermittelte. Ihr Gefühl weiß, Gut und Böse zu erkennen. Sollte ihr das Gefühl verloren gegangen sein und sie in den Fängen des Bären landen?

»Nein«, schrie ich. »Viodora ist gutmütig aber weise. Sie wird die Gefahr erkennen. Hermes. Wird sie das? Kann sie dem Bären entfliehen, sollte er sie aufspüren?«

Hermes zog die Nase hoch. »Ich rieche ihren Duft und das kann dieser Damir auf jeden Fall auch. Die Lage scheint aussichtslos. Hoffentlich geschieht nichts Schlimmes. Das läge ein meiner Verantwortung, da ich hier der Boss bin«.

Ich grinste ihn an. Er wähnte sich als den Boss unserer kleinen Gruppe. Ich wollte es ihm gelten lassen und klopfte auf seine Schulter.

Ich konnte mich fügen. Er möge der Boss sein. Ist okay. Dann habe ich schon mal nicht die Verantwortung, dachte ich. Soll er hier führen. Meine Wenigkeit braucht das nicht. Sollte etwas Schlimmes geschehen, bin ich fein raus.

Und doch musste ich gewisse Pflichten langsam erlernen. Wenn man eine Familie gründen möchte, dann wäre dies das Nonplusultra. Denn Mann und Kind brauchen Frau und Mutter.

Hermes beherrscht das und ich mache mich damit vertraut, dachte ich.

»Weißt du, Hermes. Eine Familie ist schon was Heiliges, nicht wahr?«

»Da sprichst du was Großes aus, meine Liebe. Ja, so ist das. Alle Heiligen sollten eine Sippe gründen. Und ihre Heiligkeit soll sich vermehren. Deine Eltern sind keine Heiligen, aber ich bin für dich da«.

Ich meinte: »Für mich bist du heilig, Hermes. Bringe mir alles Notwendige bei. Sei mir ein Vorbild. Geht das?«

»Als Vorbild stehe ich zur Verfügung. Ratschläge nimmt nicht jeder an. Aber Vorleben kann ich es. Gerne bin ich deine Familie, bis du eine eigene gründest«.

Ich freute mich außerordentlich. Grübchen kamen zum Vorschein und mein Lächeln war breit. Die Stirn runzelte sich und die Ohren wurden rot.

Kapitel 12

Ich begab mich tiefer in den Wald hinein. Hermes folgte meinen Stapfen. Die Bäume waren dicht und der Geruch eines verschwitzten Tieres lag in meiner Nase. »Ich rieche den Widerling«, sagte ich. »Er schwitzt und er hat Angst. Er weiß nicht, mit wem er sich anlegt. Ich habe es drauf, mein Lieber. Hier, den Stock schlage ich ihm über seinen Kopf«.

Schnell fasste ich an einen Stock, dick und lang war er. Würde der Widerling jetzt auftauchen, würde ich in mit allem Mut, den ich habe, ausknocken.

Hermes sah mich schmunzelnd an. »Ich sehe, dass du eine Kriegerin bist. Gut. Es muss solche wie dich geben. Ich hänge mich an dich dran. Gewalt kannst du von mir nicht erwarten. Aber weise Worte schon«.

»Ich weiß ja, wie sozial du bist. Aber einer muss die Drecksarbeit machen. Ich habe schon einiges von dir gelernt. Lasse mir das hier, dann kommen wir zurecht«.

Hermes blieb stehen und meinte: »Ein Buddhist könnte sich an den Straßenrand setzen, warten und so die Erleuchtung erhalten. Wie sieht es da mit dir aus? Willst du die Erleuchtung?«

Ich hielt an. Der Wolf hatte es faustdick hinter den Ohren. Er provozierte mich mit seinen Worten. Und ich wusste ihm zu antworten:

»Mein Lieber. Ich möchte vieles. Die Erleuchtung wie den Mut. Passt das nicht zusammen? Muss ich mich für eine Sache entscheiden?«

Wie würde Hermes jetzt antworten? War er Manns genug, um mir den Mut zu lassen? Ich war mutig und sanft zugleich. Was kann er mir vorwerfen? Mein Herz war weit offen, und der Verstand ebenso.

Zu denken ist nicht immer angebracht und gut. Deshalb wollte ich zwischendurch auch mit dem Herzen leben. »Hermes. Gibt es eine Technik, um das Herz zu verwenden?«

»Du könntest die Worte fühlen. Das Herz so einsetzen. Du wirst dich fragen, was das Fühlen von Worten bedeutet. Sei getrost, viele tun es schon. Es ist kein Hexenwerk. Finde es heraus. Suche die Technik, die für dich was bringt. Hast du denn eine Technik für dein Selbstbewusstsein, meine Liebe?«

»Ja, die habe ich. Ohne diese Technik bin ich klein. Mit ihr aber groß wie ein Tiger. Du siehst, dass ich mich mit Techniken schon vertraut gemacht habe«.

»Das ist wunderbar, Sarah. Du bist schon auf dem guten Weg. Ich würde sagen, dass du bald wie eine Erwachsene tun und reden wirst«.

»Wenn ich das nicht schon tue, Hermes. Mein Selbstbewusstsein ist phänomenal. Und die Gefühle kann ich jetzt schon manches Mal an den Tag legen. Ich muss sie bewusst wahrnehmen, nicht wahr?«

»So kann man es sagen«.

Ich war froh, mit dem Wolf über diese Dinge sprechen zu können. Die Unterhaltung war tief und sinnvoll. Ich fühlte mich ausgewogen. Spürte Hermes als einen Freund. »Gott sei Dank, dass ich auf dich gestoßen bin, Hermes«.

»Siehst du da vorne?«, fragte er mich. »Da ist Viodora. Sie kommt herbeigeflogen. Siehst du sie?«

Klar sah ich sie. Und schnell war sie wieder an unserer Seite. Sie hatte etwas erlebt, das spürten wir. Hoffentlich nichts Derbes.

Plötzlich flog sie zur Seite und ein brauner Riese kam auf uns zu. Es war der Bär. Damir ist sein Name. Und er würde keine Gefangenen machen. Wir sind ihm ausgeliefert, war mein erstes Gefühl. »Hermes«, schrie ich und sprang in einen Busch. Der Bär hielt inne und stand mit seiner Übergröße vor dem Wolf. Er fauchte und stieß mit seinen Tatzen durch die Luft. Gleich würde er Hermes erwischen. Ihn verletzten, oder gar töten. Ich lag im Busch, doch lehnte mich schnell auf. Hermes tat einen Wolfsschritt auf Damir zu, um zu zeigen, dass er keine Furcht hatte. Dieser Buddhismus muss eine gute Sache sein, dachte ich. Schon morgen schreibe ich mich da ein. Ist doch so was wie ein Studium, oder?

Hermes bückte sich und Damir stellte sich auf und brüllte wahnsinnig. Ich stand auf, packte mir Hermes und warf ihn in einen Busch ihm zur Linken. Dann baute ich mich vor dem Bären auf. »Du bist ein Wesen ohne Gnade. Soll ich dein Herz erkennen, oder hast du keines?«

Damir schrie: »Habt Ihr Menschen Erbarmen? Oder seid Ihr wild und ungezähmt? Habt nicht Ihr mich gejagt und geschlagen? Es ist ein Wunder, dass ich noch lebe«.

Hermes kam zu Bewusstsein, hörte den Bären und sprach: »Nicht alle Menschen sind übel. Sieh dir nur das Mädchen hier an. Sie hat Mut und Sanftheit. Sie würde dich nicht verletzen, wenn du dich friedlich gibst«.

Der Bär fauchte einmal, dann setzte er sich auf alle Tatzen. Sein Gesicht erhellte sich und er meinte, er sei nicht so. Die Menschen haben ihn verdorben.

Die Gefühle auf seinem Gesicht schienen mir echt zu sein. Freilich steckte etwas sehr Gutes in seinem Leib. Nur müsse er es hervorholen und nett mit uns sein.

Er schmiegte sich kurzum an Hermes. Sein Haar traf das des Wolfes. Ich streichelte ihm über seinen Po und gab ihm einen Klaps. »Na, meine Liebe«, sprach der Bär zaghaft. »Du bist frech. In dir steckt eine Kämpferin, das sieht man. Dein Herz, das eben noch im Eis feststeckte, taut auf. Ich bin froh, dass wir miteinander reden. Ich habe das kämpfen satt und ich glaube, dir geht es genauso. Wenn wir uns auf Frieden einigen, dann ist alles gut. Ich werde mich nicht mehr gewaltig aufbäumen. Ich weiß, Menschen haben Furcht davor«.

Er hatte recht. Ich war verängstigt, als er so bullig daherkam. Dass ich Hermes so mutig zur Seite warf, war nur ein Reflex. Aus lauter Angst um den Wolf. Hermes würde für mich dasselbe tun, hätte er die Lage schneller erkannt. Ich war froh, ihn aus dem Spiel genommen zu haben. Denn eben war der Bär Damir brutal, und jetzt hatten wir Frieden. Eine Ruhe, die hoffentlich lange anhalten möge.

Kapitel 13

»Hör mir jetzt gut zu, Bär Damir. Ich stehe hier für den Frieden ein. Doch sieh dir das große Massaker an, welches du in Schmidts Hütte hinterlassen hast. Dieser Mensch war unbescholten. Er kannte so etwas wie Gewalt nicht. Du hast sie mitgebracht«.

Der Bär setzte sich auf den Po. Dachte nach. Plötzlich kam der Schmetterling herbei und setzte sich geflissentlich auf seinen Kopf. Ja, hier war jetzt Frieden. Der Schmetterling war gesellig. Und sie liebte die Harmonie.

Ich setzte mich auf Augenhöhe mit dem Bären und dem Schmetterling. Ich sprach: »Gehen wir zur Hütte zurück. Dort haben wir Brot und Milch. Und Damir soll was daraus lernen. Er hat es echt übertrieben. Wenn er jetzt nicht lieb wäre, würde ich ihm einen Stock über den Schädel schlagen«.

Wir erhoben uns gemeinschaftlich und traten den Weg zur Hütte an. Damir trabte voran, so, als wolle er sich das Massaker aus dem Leib schreien, wenn wir gleich ankämen.

Das Gefühl hatte ich und es würde mich nicht täuschen. Angekommen brüllte er gegen die Türe der Hütte und stieß sie mit den Tatzen grobschlächtig auf. Er trat hinein und wurde bleich im Gesicht.

»Ich glaube er hat es verstanden«, sagte Hermes, der sozial eingestellt war. Ich hingegen meinte: »Ich würde ihm nicht so schnell verzeihen. Er soll es beweisen. Hat er Herz, so räumt er die Leiche des Bauern Schmidt in den Wald, vergräbt sie dort und hält ein Gebet in unserer Anwesenheit. Ist er feige, dann rennt er weg und wird nie mehr gesehen. Zumindest ist er dann nicht gewalttätig«.

Viodora hatte ein Wort an uns gerichtet: »Es ist möglich, dass er es jetzt sieht und nichts lernt. Dass er so weitermacht und die Menschen überfällt und tot beißt. Das wäre das Schlimmste was passieren kann«.

Damir zerrte den Toten mit seinen scharfen Zähnen von der Stuhllehne, schleifte sie über den Boden bis hinaus. Er nahm die knarzenden Stufen, dann führte er Bauer Schmidt zu einer Lichtung. Wir folgten der Leiche und dem Bären und trafen sie inmitten der Lichtung.

Darauf stand ein einzelner Baum. Damir grub ein Loch neben dem Baum und Hermes stieß die Leiche mit dem Maul ins Loch.

»Jetzt das Gebet«, sagte der Bär.

Wir warteten darauf.

Ich senkte mein Haupt, so wie es mir vom Religionsunterricht bekannt war. Damir betete laut: »Lieber Mensch, liebe Tiere. Ich habe was Schreckliches getan. Habe einen Menschen getötet. Lieber Gott. Hilf mir, es zu bereuen. Und lasse mich Liebe zu den Menschen finden. Alles andere geht nicht. Es wäre furchtbar, sollte ich so weitermachen. Nein, nur Frieden. Lass die Menschen mir gegenüber freundlich sein. Denn ich müsste mich wehren. Da kann ich nichts anders versprechen. Wo Frieden ist, soll Liebe sein. Wie hier, inmitten dieser Gruppe«.

Damir erhob sich auf zwei Beine und sprach weiter:

»Ich verspreche Besserung. Amen«.

Er senkte sein Haupt wieder, kam auf alle viere und trat einen Schritt zurück, damit wir jeweils ein paar Worte sprechen könnten. Leise, dennoch nicht verstummt, taten wir das.

Sodann betete ich laut: »Dieser Mensch hat uns Brot und Milch beschert, wo wir hungern. Aber der Mensch lebt nicht vom Brot allein, sondern von Worten, wie wir sie hier aussprechen. Lasst uns zuerst die Worte sprechen, und gleich zur Hütte gehen, um das Brot und die Milch zu verzehren«.

Ich schritt in der Gruppe voran. Es war Damir, der Bär, der mir zügig und nah folgte. Er grummelte vor sich hin, so, als bete er erneut. Er stapfte in zwei Pfützen, die mit Schlamm gefüllt waren. Und die ich zuvor gemieden hatte. Viodora flog drüber und Hermes sah, wie eingesaut der Bär war, und sprang darüber.

Damir trocknete die Tatzen an einem Streifen Gras. Schnell war es getan und er lag in der Reihenfolge wie zuvor auf Rang zwei. »So ein Mist, dieser Schlamm«, sagte er. »In diesem Wald wird es einem nie langweilig. Hört ihr. Hier lässt es sich leben. Ich bin froh, hier geboren zu sein. Wie sieht es bei dir aus, Sarah? Wo kommst du her, wenn ich so deine freche Schnauze sehe? Aus dem Heim?«

Damir war ein eloquenter Bär, wusste sich gepflegt auszudrücken. Und doch war er wild, das Raue hatte er sich mit den Menschen angeschafft, Rache war sein Plan. Er tötete jene, die getötet hatten. Er verlor sein Kleines und damit die große Liebe zum Kind. Das wollte er wahrlich nicht vergeben. Ich verstand ihn gut. Sie müssen büßen. Weil sie Grausames getan haben. Und da dachte ich erneut an Bauer Schmidt und die Hütte.

Wir setzten uns in die Couch, Hermes, der Bär und ich. Der Schmetterling sauste über uns her. Ich war froh, dass wir endlich die Milch und das Brot teilten. Alle wurden satt, nachdem einer grober denn der andere aß. Der Bär mit der hohen Sprache wusste nicht um die Manieren. Zu Sprechen war er imstande, sich zu benehmen nicht.
    Ich ignorierte den Bären, um ihn damit zu belehren. Er verstummte, dachte kurz nach und sagte: »Tut mir leid. Ich hatte schon das Frühstück und habe eh keinen Hunger mehr«, er stieß auf, »aber ich bin grob wie ein Bär es nun ist«.
    Viodora flog über ihn hinweg. Sie war die Lässigste unter uns vieren. Eine Frohnatur.

»Nur weil du ein Bär bist, musst du nicht grob sein, Damir. Und nur weil ich ein Schmetterling bin, so ist mein Verhalten nicht per se gut. Alles hängt von den Vorfahren, der Umwelt und von dir selbst ab. Ich freue mich über vieles und sage dir das Schlechte in einer freundlichen Art. Das bin ich. Das ist mein Charakter. Lass deine Seele Überhand gewinnen. Diese fühlt alles heraus, was um dich herum geschieht. Sarah lernt es. Du darfst es, wenn du willst. Hermes rät euch, ich behüte euch vor dem Bösen auf unserem gemeinsamen Weg«.

Damir legte sich auf das Fell im Wohnzimmer, schmiegte sich daran und meinte: »Es ist schön in dieser Gruppe. Jeder hat seine Aufgabe. Hermes und Viodora sind die Lehrer, Sarah und ich die Schüler. Ich würde meine Zähne rausreißen, wenn ich danach eine gute Seele hätte. Ich verstehe es so, dass die Seele sich verändern kann, obwohl sie der Grund eines Menschen oder Tieres ist. Diese Veränderung muss ich haben. Koste es, was es wolle«.

Hermes meinte, er wisse das zu schätzen. Heute sei Tag zwei mit mir, und Damir bekäme einen Tag Belehrung, um das Ziel zu erreichen. Er müsse nur nicht stur sein, dann kriegen wir das alles hin. Ich meinte, ich habe Fortschritte schon an diesem zweiten Tag gemacht. Was das denn koste, wolle ich wissen?

»Deine Freundschaft. Und die Gemeinschaft mit uns. Wir sind wie eine Familie«.

Ich bestärkte den Wolf in dieser Rede und sagte: »Reiche uns deine Tatze Damir. Dann sind wir die besten Freunde. Ich denke, alles wird gut, wenn wir loyal zueinander sind. Nur wer loyal ist hat Respekt für den anderen. Egal wie die Hierarchien sind. Hier aber haben wir keine Hierarchien. Wir sind auf einer Stufe«.

Ich wusste, dass ich im Recht war. Unsere Gemeinschaft war fair. Jeder mochte den anderen. Und keiner war brutal. Nicht mehr.

Ich erinnerte mich an Damir. Wie er auf uns zustürmte. Wie er röhrte und nach uns schlug mit seinen Tatzen. Und ich sah ihn jetzt, herzallerliebst. Er lag so da, auf dem Fell und rieb sich daran die Backe. Kein Bär hatte zuvor so menschliches an sich, wie Damir jetzt. Doch dann sah ich Hermes. Er lag neben Damir, streichelte diesem mit den Pfoten über das

Gesicht. Und lobte ihn über allen Maßen: »Kein Bär ist zahmer als du«.

Und da sah ich, dass es ein großes Tier gab unter uns, das herzlich war: Hermes.

Er klopfte mit der Tatze gegen den Boden, seitlich des Felles. Es hörte sich hohl an und der Wolf meinte: »Da unten ist eine Kammer, eine geheime solche. Wartet einen Moment…« Er zog an einem Spalt im Boden eine kleine Tür hoch und sah in den Keller der Hütte. »Was siehst du, Hermes?«, fragte Viodora. »Einen Schatz? Gold, Silber und Bronze?«

»Zuerst einmal ist da eine Leiter hinunter. Ich probiere sie aus. Kommt ihr mit? Oder lasst ihr mich im Stich, wo doch alles so wunderbar ist?«

Er kam unten an und ich folgte ihm. Neben der Leiter war ein Schalter und betätigte ihn. Ein Licht ging an und man sah Kisten aus Holz. Ohne Schlösser. Ich öffnete den Deckel der ersten Kiste. »Da ist … «. Ich unterbrach: »Brot und Wein und Milch«.

Hermes meinte: »Wie lange kann hier Brot und Milch liegen, ohne zu verderben?« Ich sprach: »Hat der Bauer nichts anderes zu bieten als das? Immer nur das? Ich will ja nicht undankbar sein, aber was soll das bedeuten? Das hier ist ein Vorratsraum, aber es gibt nur diese drei Dinge? Die es schon oben gab?«

Viodora flog herbei und sprach: »Viele Bauern in Sankt Frontier lieben die elementaren Speisen. Das hier ist das, was er mochte. Und wir sollten das ehren, nachdem er hier massakriert wurde. Er hat unseren Respekt verdient. Brechen wir das Brot und trinken den Wein zu seinem Gedächtnis«.

Ich konnte mich nur an eine Handvoll Geschichten aus der Bibel erinnern, Hermes aber umso mehr. Er nahm das Zepter in die Hand und sagte: »Das ist aus der Bibel, als Jesus das letzte Abendmahl mit seinen Gefährten nahm. Da sprach er diese Worte. Um Jesus zu ehren und an ihn zu gedenken geben Priester bis heute Wein und Brot aus. Dieses Ritual ist das Wichtigste in der Christenheit. Man nennt es das Abendmahl«.

Damir hörte das und ergänzte es: »Jesus starb für unser Ewiges Leben. Und er ist der Grund für unser Leben, für unsere Gefühle und unsere Liebe«.

Viodora huschte die Leiter wieder hinauf.
»Die Liebe ist das höchste Gut. Wer ohne Liebe ist, ist wie ein Stein. Ich saß auf vielen Steinen, aber lieber sitze ich auf dir, Damir. Der du lieb geworden bist. Sag nur, woher kennst du die Bibel?«
»Ich war nicht immer skrupellos. War mal sanft. Der Mensch war mein Fall. Aber in meinen ersten Jahren erfuhr ich von der Bibel von Grund auf. Mama Bär hat sie mir schon früh vorgelesen«.

Ich sagte: »Hätte ich nur besser im Religionsunterricht aufgepasst. Dann wüsste ich, worum es geht im Leben. Wenn ich euch so höre, dann denke ich die Religion ist das wichtigste Gut für uns«.

Hermes drückte mit dem Maul die Kiste wieder zu. Er und ich begaben uns nach oben. Damir ließ uns passieren und schloss den Deckel zum Keller mit seiner Tatze. Dann schob er das Fell über den Einstieg.

BOULEVARD

Kapitel 14

Wir tranken genüsslich von einer Flasche roten Weines, die ich mit nach oben genommen hatte. Der Bär bedankte sich bei der großen Allmacht, die über das Universum wacht. »Diese Gruppe ist wundervoll. Wenn denn jetzt alle satt sind, dann könnten wir nach Boulevard gehen, wo ich bislang unerwünscht bin. Mit der Veränderung meiner Art kann sich das ändern. Ich hoffe, man nimmt mich dort an. Wenn ich freundlich bin, werden sie es ebenso sein«.

Hermes erhob sich, schritt an die Türe und sprach: »Sie werden. Glaube mir das. Alle werden an deiner Seite stehen. Bleib so wie du bist. Genieße diese Gruppe und das Dorf Boulevard, wo es kostenlos Schokolade gibt«.

Und schon wieder hatte man von der Schokolade in Boulevard berichtet. Damir horchte gut hin und sagte: »Ich liebe Schokolade. Wenn das so ist, dann bin ich dabei. Sag Viodora: Da du die Liebste bist in dieser Gruppe, ist es so? Gibt es auf dieser Welt überhaupt etwas kostenlos? Oder erzählt der

Wolf ein Märchen, wie bei Hans und die Bohnenstange?«

Viodora setzte sich auf Hermes, der schon die Türe öffnete. Dann sprach sie: »Dieser Wolf ist rundherum ehrlich. Die eine oder andere Notlüge übersehe ich gern. Im Herzen ist er wundervoll. Und er ist hilfsbereit wie kein anderer. Sieh nur, wie er Sarah dabei hilft sich selbst zu finden«.

Ich sagte: »Hermes ist wie ein Vater und bester Freund für mich. Ich erfahre immer, was gut für mich ist und wie die eine oder andere Situation besser gemeistert werden könne«.

Ich lobte den Wolf und spürte, dass er das nicht gewohnt war. Umso mehr lächelte ich ihm zu und liebkoste ihn an der Stirn. Ich umarmte Hermes und er schloss seine Augen. Dann drückte er unwillkürlich die Türe wieder zu und begab sich zur Couch. »Ich habe euch alle lieb, nicht nur Sarah, die mir wunderbar nahe ist. Viodora, du bist ein heiterer Schmetterling. Und Damir, der Bär, beweist Moral«.

Ich fragte nach: »Dann liebst du uns alle etwa?«

»Und ob, meine Lieben. Würde ich euch nicht lieben, wäre ich schon weitergezogen. Ich bin der erste Wolf der wieder in diesem Lande verweilt. Andere werden folgen. Ich bin mir sicher, dass ich hierbleibe. Bei euch, wenn Ihr mich wollt«.

Ich schaute ihn empört an. Wie konnte er das nur sagen? Er legte sich Demut zu. Diese ist im Grunde eine gute Sache. Dennoch konnte er gerne mal auf die Kacke hauen. Partys kommen nicht täglich und das war schon meine Idee: »Lasst uns in Boulevard ein Fest feiern. Eines das die Welt nicht gesehen hat. Und worüber man in diesem Land lange reden würde. Seid Ihr dabei?«

Viodora meinte, Hermes sei kein Partylöwe. »Unser Wolf ist zwar weise, aber kein Plappermaul. Was er sagt, hat Hand und Fuß. Er wählt weise Worte, und lässt die unnötigen weg. So kenne ich ihn«.

Ich gab Viodora recht und ließ sie auf meine Schulter.

»Genau«, meinte ich. »So kenne ich Hermes auch.

Der Wolf sprach: »Ich sehe deinen verträumten Blick, Sarah. Wenn ich das nur könnte. Jemanden ansehen und dabei träumen. Das muss wundervoll sein«.

Mit so viel Träumerischen versuchte ich nun umzugehen. Und so lenkte ich geflissentlich auf den Bären. Damir war uns zwar fremd, dennoch war er liebenswert. Und ich freute mich schon darauf, ihn näher kennenzulernen. Wie er da so saß, erinnerte er mich an einen treuen Hund. »Träumst du denn in der Nacht, Damir?«, fragte ich nach. Alle träumen in der Nacht, oder? Ich wäre dumm, das nicht zu glauben. Mal schauen, was Damir dazu sagen würde. Ich hoffe nur, er nimmt es mir nicht übel, dass ich nachfrage. »Weißt du, Damir. So kann man sich verlieben. Man sieht eine schöne Person, einen wunderbaren Charakter, an, und träumt davon, mit ihm zu sein«.

»Ich weiß, was es heißt, sich zu verlieben. Aber so habe ich es nie erlebt. Vergib mir meine Unkenntnis«.

Gerne vergab ich ihm dies, klopfte sanft auf seine Schulter und sah den Schmetterling auf ihn hinüberspringen. Damir sah entzückt drein.

Wir sind Freunde fürs Leben.

»Aber jetzt lasst uns den Weg nach Boulevard suchen«, sagte Hermes. »Viodora: Fliegst du bitte voraus?«

»Klar, Großer. Das machen wir schon«.

Ich schritt voran, mit dem Schmetterling auf dem Rücken, der einen Moment später vorausflog, um die Lage zu beobachten. Was liegt da vor uns? Wo geht es überhaupt hin? Und sind wir noch sicher in diesem sonderbaren Wald?

Viodora hatte etwas entdeckt, das spürte ich, als sie einen Tiefflug vollführte. Die Bäume wurden weniger, das Gras höher. Wer weiß, ob Boulevard schon vor uns liegt? Schokolade, und das kostenlos, das ist schon was. Ich rief dem Schmetterling hinterher: »Was ist, Viodora? Liegt das Dorf schon vor uns? Ist es weit? Ich will ja nicht nörgeln, mache mir nur meine Gedanken«.

Viodora erhob sich aus dem Gras und setzte sich auf meine Nase. Dann meinte sie, es wäre eine halbe Stunde. »Glaube mir dieses eine Mal, Sarah. In dreißig Minuten sind wir da«.

Ich fühlte mich wie vorgeführt, in der Gruppe. Viodora sollte lieber die Klappe halten, was sie nicht mehr tat. Wie sanft sie denn war, umso sturer wurde sie von Stunde zu Stunde. Ich fühlte mich wie bei der Securitate oder der Stasi. Da wurde man gedrängt. Unsere Lage war locker. Warum denn diese Art und Weise? Sie schmierte es mir aufs Brot, dass ich sie heute Morgen gerügt hatte, weil sie den Weg voraus falsch gedeutet hatte. Ich wollte die Wahrheit wissen. Was lag vor uns? Und da Viodora sich als Schutz anbot, erwartete ich von ihr, vollste Kompetenz.

War sie im Kern sensibel? Hatte ich sie falsch eingeschätzt? Konnte sie Lebewesen spüren, die vor uns liefen? Ich dachte: ja. Sie kann es. Denn wer wäre ich, wenn ich an solche Mächte nicht glaube? Die Welt ist so. Mysteriöses geschieht.

Ich erkannte, als erste, einige Häuser hinter den Wiesen. Sie lagen verträumt und spielerisch da, aber keine Person war zu sehen. Und doch wollte ich wissen, dass hier jemand lebte. Ich zeigte mit dem ausgesteckten Zeigefinger voraus und erhob meine Stimme:

»Da ist es. Boulevard. Das Dorf, wo die Menschen Freundlichkeit zu schätzen wissen«.

Wir betraten die Stadtgrenze von Boulevard.

»Gerade noch dachte ich, hier sei es still, doch seht her, überall Menschen. Sie haben einiges zu erledigen. Was für eine reiche Stadt«.

Hermes sprach mich an: »Du hast vollkommen recht. Hier geht es zu wie im Zirkus. Das muss eine reiche Stadt sein. Wo jeder Arbeit hat und keiner Not leidet. Wenn ihr mich fragt, dann sind wir hier goldrichtig. Die Frage ist nur, ob es kein Geld gibt, wo man doch die Schokolade für ein Lächeln erhält? Ist alles kostenlos? Aber ohne Geld geht es doch nicht«.

Viodora setzte sich auf ein Schild mit der Aufschrift »Boulevard«. »Hier braucht man kein Geld, meine Lieben. Es wird getauscht, das ist die Währung. So war es hier schon, seit ich denken kann. Und so wird es immer bleiben. Leider haben wir nichts zu tauschen, so muss ein Lächeln genügen. Damit erhalten wir eine Tafel Schokolade«.

Ich meinte: »Ein toller Nachtisch wäre schon klasse. Wir hatten ja Brot und Milch. Seid Ihr alle satt geworden?«

Damir, der Bär, grummelte vor sich hin und ich erkannte, dass er nicht satt geworden war. Er hatte mein Mitgefühl, jetzt, da er sich sanft gab, anders als vor zwei Stunden. Da hatte er uns überfallen, hatte gegrölt und um sich geschlagen. Wie schrecklich das war. Wir alle sind aber standhaft geblieben. Haben gekontert und ihn zahm gestimmt.

Ich konnte es selbst nicht verstehen. Ein Wolf und ein Bär, die vernünftig sind? Das ist eine Geschichte, die ich einst meinen Kindern erzählen werde. Und schon dachte ich an eine eigene Familie.

Hermes las mich: »Ich sehe deinen Gedanken. Erneut suchst du nach einer Familie. Es muss nicht einmal deine eigene sein. Gibt es Vorfahren? Leute, die dein Blut tragen?«

Ich wäre froh gewesen, Verwandtschaft zu haben. »Von Vorfahren weiß ich nichts. Das wäre schon toll, nur eine Schwester zu haben«.

»Ja«, sagte der Wolf. »Es kann doch sein, dass du eine Schwester hast, an die du dich nicht erinnerst. Du warst klein, als du abgegeben wurdest. Es wäre ein Wunder, wenn du dich daran erinnern würdest«.

Ich spürte etwas in mir. Eine Gewissheit. »Ich habe das Gefühl, eine Schwester zu haben. In diesem Moment kann ich es fühlen. Ich sehe eine junge Frau, die mit dem Rücken zu mir dasteht. Was kann das bedeuten?«

Sie drehte sich nicht um, wo ich es mir doch wünschte. Sie hatte langes Haar, die Farbe sah ich nicht. Sie war schlank, hatte eine wundervolle Figur. Und sie sagte etwas. Ich konnte ihre Stimme nicht einordnen, aber die Worte spürte ich: »Meine Liebe. Meine Sarah. Du bist mir von allen am liebsten. Komme zu mir und wir feiern das Leben. Wir werden Seite an Seite stehen, wenn du kommst«.

Ich berichtete schnell Hermes von diesem Vorfall und er meinte dazu, diese junge Frau möchte mich in den Himmel ziehen. »Du willst doch nicht in den Himmel? Willst doch jetzt nicht sterben?«

»Gewiss nicht«, meinte ich. »Könnte das meine Schwester sein? Ist es möglich, dass sie im Schlaf zu mir spricht? Sie könnte jetzt schlafen und von mir träumen. Und ich sehe ihren Traum als Vision vor mir«.

Hermes meinte, ich habe hier eine Vorstellung vom Leben, die ihm gefällt. Ein bisschen verrückt zu sein, ist schon gut, sagte er. »Ich glaube an sowas«, meinte er. »Träume haben eine lange Tradition. Warum deuten wir das nicht? Viodora, du kannst das doch?«

Der Schmetterling meinte: »Ja, es könnte ein Ruf in den Himmel bedeuten. Oder es ist deine leibliche Schwester, die lebt. Das ist ebenso möglich. Sie ruft im Traum nach dir. Mich würde es nicht wundern, wenn du heute Nacht ebenso davon träumst«.

Der Bär fragte: »Du bist dir sicher, es ist deine Schwester? Du hast das im Gespür? Oder verstehe ich das falsch?«

»Ich habe es im Gespür, ja. Die Bilder sind eindeutig. Sie könnte meine ältere Schwester sein. Und sie spricht so schön mit mir. Würdet Ihr anders denken an meiner Stelle? Ich meine: Ich habe niemanden außer euch. Jetzt ist da diese junge Frau, die mir erscheint. Es ist mehr als ein Traum. Es ist wahr«.

Damir, der Bär, gab sich verständig. Er hat es begriffen, dachte ich, als er sagte: »Ich glaube dir das. Die Wahrheit ist eben die Wahrheit. Da gibt es nichts anderes«.

Ich schritt an ein Häuschen, worauf ein kleines Schild zu lesen war. »Schokolade umsonst. Nur ein Lächeln gewünscht«. »Seht Ihr da«, sprach ich. Ich liebe Süßigkeiten und bin immer erfreut, wenn ich im Heim eine Tafel abstauben kann. Die verteile ich nur unter Savannah und mir. Der Rest kann mir gestohlen bleiben. Aber hier ist es anders. Diese Gruppe wuchs mir immer mehr ans Herz.

Hermes lächelte mich an und klopfte sodann an die Tür des Häuschens, zu dem das Schildchen gehörte. Eine dicke Dame mittleren Alters öffnete uns, ihr Gesicht strahlte, doch es war mit Schweiß benetzt.

Ich trat vor sie hin. Ich mochte Menschen, die anpacken und diese Frau sah geschäftig aus. Ich freute mich, als sie sprach: »Liebes Mädchen. Du bist ja wunderbar. Dank deines Lächelns bekommt jeder von euch eine Tafel bester Schokolade. Sie wurde in dieser noblen Stadt hergestellt und auch ich kaufe sie kiloweise, allein mit meinem Lächeln. Und so verteile ich sie kostenfrei weiter. Dies ist ein Beispiel von Güte, die Gott an den Tag legt«.

Ich nahm die mir dargebotene Tafel, öffnete sie flink und genoss jedes Stück. Dann erhielten meine Begleiter jeweils eine Tafel der besten Schokolade, eine bessere kannte ich nicht. Sie war köstlich, alle mochten sie und die Dame war glücklich ein gutes Werk getan zu haben. Ich verputzte die Tafel und mein Verstand lief auf Hochtouren. Man sagt, Schokolade ist gut für das Gehirn. Und das war immer meine Ausrede, wenn man mich mit Unmengen davon erwischt hatte. Hermes bot mir ein Stück von seiner Schokolade an und ich nahm sie gerne und sanft entgegen. »Du bist ein toller Mann, Hermes«, sagte ich. »Und du eine noch bessere junge Frau«.

Viodora öffnete zartgliedrig ihre Tafel und biss winzig kleine Stücke davon ab. Ihr Verstand war das Ziel der Schokolade. Glück saß auf ihrem Gesicht. Sie war hocherfreut mit dem Nachtisch. Dann setzte sie sich auf die Dame. Das tat sie immer, wenn sie Liebe empfand. Wir alle spürten Liebe füreinander und für das Süße im Leben. Die Frau zwischen den Türpfosten streichelte aus lauter Güte in sich den Wolf. »Der ist aber zahm. Ist man von einem Wolf nicht gewohnt. Wer hat ihn erzogen?«

Hermes sprach: »Ich wurde vor vielen Jahren erzogen, als ich ein Mensch gewesen bin. Vater und Mutter kümmerten sich mit vollen Herzen um mich. Ich habe das nie vergessen und bin ihnen für immer dankbar. Sie waren gute Leute. Solche die immer fleißig und redegewandt sind. Meine gute Sprache habe ich von ihnen. Die Geselligkeit von Vater, die Vernunft von Mutter«.

Endlich ging Hermes in die Tiefe seines Lebens vor. Was ich hier erfuhr, ging mir an mein Herz. Und ich vertraute ihm. Er sprach die Wahrheit, das war sein Wesenszug, den ich liebte. Konnte ich das ebenso? Ehrlich und offen sein? War da Hoffnung für mich? Wenn ich dem Wolf in die Augen sah, dann wollte ich das glauben.

Ich glaubte ihm alles, egal was er sprach. Und er war immer zahm. Seine Worte trafen mich im Inneren, Östrogene bildeten sich in mir. Ich war mehr Frau als irgendwann sonst. Dieser

Wolf war kein Tier mehr. Er mutierte zu einem Mann. Der Erste, der mich zart sein ließ.

Die Dame bat uns, hereinzukommen, um Tee zu trinken. Solch liebreiche Gäste habe sie nicht oft, meinte sie dann. Die Leute in Boulevard seien zwar nett, aber nicht mit solcher Liebe getränkt wie diese Gruppe hier. »Ich sehe es an euren zarten Gesichtern. Ihr seid gute Menschen und Tiere. Bislang waren mir Tiere im Grunde ungeheuer, Ihr aber habt mich eines Besseren belehrt.« Es gibt *doch* gute Menschen, die angenehm sind, dachte ich und strahlte wie ein entzückendes Pferd. Ich mochte Pferde nicht. Sie waren mir zu groß und zu mächtig. Doch diese Dame liebte ich.

Wir traten ein und die Dame brühte Wasser auf. Dann tat sie Teebeutel in verschiedene Tassen und setzte sich. Sie bot uns Stühle an, sie habe jede Menge Gäste an jedem Tag. Es sei Platz für alle da.

Ich bedankte mich stellvertretend für alle Anwesenden und holte mir ein weiteres Lob der Dame ab. Sie meinte, sie habe keinen Mann und keine Kinder, das blieb ihr verwehrt. »Bis man den perfekten Mann findet, ist das halbe

Leben vorüber. Mit den Jahren wird man wählerisch und lässt nichts mehr zu. Mich ärgert es, aber was hätte ich tun können?«

Hermes: »Sie sind jung genug für eine Familie. Redefleißig sind Sie ja. Da wird sich doch was machen lassen. Gehen wir durch die Stadt und sehen mal, was sich da auftut. Oder hat die Dame anderes vor?«

Sie schüttelte den Kopf, erhob sich und öffnete die Haustüre. Als alle ihr folgten, meinte Hermes: »Da drüben ist ein Mann in den Vierzigern. Er wäre in der Auswahl, nicht wahr?«

Die Dame ging drei kurze Schritte auf den Mann gegenüber zu. Es war aber Hermes, der ihn ansprach. »Werter Herr. Wir sind auf der Suche ... «

Die Dame schritt ein: »Mein Name ist Gerda und wir sind auf der Suche nach einem ordentlichen Mann, für mein Herz und meinen Geist. Ich habe lange gesucht, war wählerisch und habe mich auch nicht getraut, die besten Männer des Landes anzusprechen, die mir begegnet sind. Dieser Wolf hat mir Mut verliehen. Sagen Sie doch: Sind Sie verheiratet oder ledig? Letzteres würde mich in Verzückung versetzen«.

Der Herr meinte: »Ich weiß nicht, ob ich zu den Besten gehöre. Ich wäre da lieber kleinlaut. Lassen Sie uns morgen Kaffee trinken, bei mir in der Wohnung. Sagen wir nachmittags um drei? Gleich hier oben in diesem Haus«.

Er zeigte mit der offenen Handfläche hinter sich, wo ein Fachwerkhaus stand. »Klingeln Sie bei Herrn Hafer, das bin ich. Kurt ist mein Vorname«.

Ich freute mich über Gerda und ihren vermeintlichen Freund. Wie viele Jahre hat es dafür gebraucht? Fünf? Zehn? Sie war erst fünfunddreißig, hatte sich in den letzten Jahren verkrochen, wie ein Mauerblümchen. Durch uns war sie offen und gutgelaunt. Zuvor schwieg sie mit Männern wie ein Sarg. Sollte sie das bis in ihr Grab mittragen? Schüchternheit verdirbt oft einen Flirt. Ich konnte bis dahin nicht mitsprechen, mit meinen sechzehn Jahren. Aber die nächsten Stunden sollten mich prägen. Sie würden mich reif werden lassen. Eine Familie zu gründen hat was mit Reife zu tun. Und ich wollte beides: Familie und Reife.

Kapitel 15

»Na dann ist ja alles gut«, sprach Hermes und zwinkerte Kurt Hafer zu. Dieser sah verlegen drein. War das seine Art? Konnte er flirten, obwohl er schüchtern war? Eben redete er mutig mit Gerda, jetzt errötete sein Gesicht. Ich fragte mich, wer dieser Mann war. Ich hatte Menschenkenntnis gesammelt. Würde Hermes das gleiche denken wie ich? Dass Herr Hafer schwer einzuschätzen war? Ich wollte der dicken Dame eine Warnung zukommen lassen, stupste sie mit der Hüfte und bat sie, wenige Schritte mit mir zu kommen. Wäre sie vorsichtig, so käme sie mit und ließe sich warnen. Blieb sie mir aber fern, dann müsste ich es aufgeben. Sie war alt genug für einen Flirt und einiges Weiteres.

Plötzlich bedeutete mir Hermes, zur Seite mitzukommen. Er fragte mich, was ich von Gerda wolle. Und was ich von Herrn Hafer hielt. Als ich ihm antwortete, ich wisse nicht, was in ihm stecke, da nickte mir der Wolf zu. »Du könntest Recht haben. Er ist mir nicht geheuer. Und doch ist er nett und offen. Wäre er ehrlich ... und eben sagte er, er sei keiner der Besten. Entweder ist er demütig oder gerissen. Seine Worte sagen eins, doch sein Blick was anderes«.

Nach dieser kurzen Unterhaltung bat ich den Wolf, mir zu den anderen zu folgen. Er tat dies, doch er trottete niedergeschlagen über den Asphalt. Ich war da hartgesottener und schritt mutig ein. Als ich meinte, Gerda überlege sich das mit dem Treffen, da sah mich Herr Hafer missmutig an und schnalzte mit seiner Zunge. Ich fand ihn ungebührlich. Freundlichkeit sieht anders aus, dachte ich und schob Gerda zur Seite. Schirmte sie von diesem Kurt ab, der von Minute zu Minute aufbrausender wurde. Es ist okay, selbstbewusst zu sein. Aber grob zu sein, war schon schädlich.

Das hatte ich gestern und heute von Hermes gelernt. Und ich stand dahinter. Wäre der Wolf nicht in mein Leben getreten, dann hätte ich diese Situation mit Kurt anders wahrgenommen. Ich hätte ihn für frech, und doch als gutmütig bezeichnet, was er nicht war. Denn eine feine Brillanz sieht so nicht aus.

Gerda verdient einen guten Kerl, keinen hochnäsigen, frechen Mann, der nur an sich selbst denkt. Dem alle anderen egal sind. Hätte jemand Nerven dazu gehabt, würden wir jetzt ein ernstes Wort mit Kurt sprechen. Aber besser man habe hundert Freunde, denn hundert Feinde. Ich wollte Kurt nicht als Feind. Wer weiß, was in ihm steckt.

Kurt wurde lauter: »Ich glaube, Gerda ist alt genug selbst zu entscheiden. Aber wenn Ihr alle dagegen seid, dann adieu. Ich muss mir das nicht geben«.

Viodora und Damir schwiegen. Hermes sprach: »Wir müssen uns das mit Ihnen nicht geben. Wären Sie freundlich, hätte ich ja gesagt. So aber sind Sie aus dem Rennen«.

Kurt krauste die Stirn. Er war jetzt überführt, hielt einen Moment inne und würde sich in das Fachwerkhaus begeben, um eine Tasse Kaffee zu trinken. Hätte er uns eingeladen, so wären Zweifel ausgeräumt. So aber bestätigte er seine Grobheit. Gerda wollte etwas sagen, doch ich hielt sie körperlich zurück. Sie tat einen Schritt hinter mich, als sie Kurts Ausdruck sah.

Mörderisch, gehässig, gerissen. So würde ich ihn beschreiben. Ich spürte, das Ganze würde schlimm enden. Um ihn milde zu stimmen sprach Hermes: »Lasst uns keine Feindschaft entwickeln. Diese Stadt ist für ihre Freundlichkeit berühmt. Ich möchte Kurt keinen Strick um den Hals legen. Wollen wir gut miteinander sein?«

Viodora hüpfte von meiner Schulter auf die von Kurt. Wir wissen, dass sie das nur aus Liebe tut. Sieht sie etwas Gutes in Kurt und will sie den Streit schlichten und Liebe gewinnen?

Ich fragte mich langsam, wie Viodora zu solch einer Nächstenliebe kam. Demut und Nettigkeit habe ich mir angeschafft. Aber Naivität war mir fern. Und so nahm ich Viodora von Kurts Schulter und setzte sie auf einen Brunnen, der neben uns stand.

Viodora schlug einige Male mit ihren Flügeln. Dann beruhigte sie sich und seufzte: »Wenn keiner für Kurt ist, dann bin ich gegen euch. Wisst Ihr nicht, dass Christen die Nächstenliebe am heiligsten ist? Wir sind Christen, wie können wir ihn so schnell verurteilen? Das ist gegen die Barmherzigkeit Jesu«.

Ich sagte, von Jesus wisse ich zu wenig. Viodora könne mir eine Stunde geben, um mich zu unterrichten. »Au, ja. Das tue ich doch gern, meine Liebe. Wer ohne Jesus ist, der ist ohne die Liebe«.

»Welch ein weiser Spruch«, sagte Hermes und nahm Viodora vom Brunnen. »Dieser kleine Schmetterling hat mehr Grips als wir alle zusammen. Schneiden wir uns ein Stück davon ab«.

Viodora entschuldigte sich vorsichtshalber bei mir. Was anderes hätte ich vom Schmetterling nicht erwartet. Obgleich sie für sich im Recht schien, so war sie demütig und sanft. Sie musste sich nicht entschuldigen, tat es aus lauter Liebe, die sie von diesem Jesus erhalten hatte. »Viodora. Du bist ein feines Wesen. Erhebe dein Haupt, denn du bist eine Große unter uns«.

Diese meine Worte waren weise gesagt und gut gedacht. Ich fühlte mich wundervoll an. Und alle sahen das an mir. Damir gab mir eine

Umarmung. Seine Geste war schön und sein Ausdruck lieblich.

Kurt war schon gegangen und Gerda bat uns, erneut Einzug in ihr Haus zu halten. Sie brühte eine Kanne auf und goss einem jeden eine weitere Tasse Tee ein. Ich setzte mich auf einen tiefen Sessel, Hermes legte sich auf den Boden. Damir blieb auf allen vieren stehen. Und der Schmetterling machte es sich auf Gerda gemütlich. Gerda stellte den Rest des Tees in der Kanne auf den Wohnzimmertisch. Wer es wünschte, konnte sich gerne mehr einschenken. Da ich durstig war wie ein Kalb, nahm ich mir das zu Herzen.

»Ich könnte jetzt töten für eine weitere Tasse Tee«, sagte ich. Hermes blickte mich böse an. Ich wusste, dass ihm das nicht gefiel. »Wenn du vom Töten redest, wirst du es womöglich einmal tun. Zu Töten ist eine schlimme Sache«.

Damir verteidigte mich, stellte sich auf zwei Beine und meinte: »Sarah kann keiner Fliege was antun. Wie kommst du nur darauf, das ernst zu nehmen. Hast du nicht selbst das eine oder andere Mal gedroht? Nein? Gut, dann bist du eine Ausnahme«.

Hermes war was Besonderes. Das stand für mich fest, wie der Pariser Eifelturm. Dieser ragt über hundert Meter in die Höhe, und Hermes ist wenigstens so groß, wenn nicht mehr. Dieser Wolf war Gold wert und das konnte ich ihm mal sagen: »Unser Hermes ist der Beste unter uns. Wer sonst vergibt so wie er? Ich kenne keinen. Nur Viodora ist noch weicher und zarter«.

Da dies ausgesprochen war, fühlte ich eine Erleichterung. Liebe breitete sich in mir und um mich herum aus. Wir alle waren speziell, doch Hermes war eine Nummer für sich. Hätte ich ihn jetzt nicht gelobt, stände ich als feige da. Das war ich aber nicht. War mutig und konnte mit Gefühlen umgehen.

Diese Gefühle waren echt und wahr. Wer außer mir weiß Hermes so zu schätzen, wie ich es tat? Ich schaute in die Runde und sah keinen anderen. Der Wolf ist wie eine Familie für mich, mein Nächster, wenn man bei der Religion bleibt. Dieser Jesus macht das schon gut, von da oben. Er hält sich doch über uns auf?

Hermes meinte: »Ich lese deinen Gedanken, Sarah. Und ja. Jesus ist da oben. Was Besseres konnte dir nicht einfallen. Du glaubst jetzt was viele andere glauben. Dass Jesus existiert. Du hast eine gute Wahl getroffen damit. Und ich lobe dich im Namen des Himmels«.

Zu arg religiös wollte ich nicht werden. Doch Hermes war ein Vorbild für mich.

Und so hätte ich das letzte Hemd für ihn gegeben. Und ich wusste, dass er dasselbe für mich tun würde. Er las zwar meine Gedanken, das eine oder andere Mal - nicht nur deshalb waren wir uns nahe - aber unser Gespür füreinander echt war. Ich attestierte ihm, ein großartiges Wesen zu sein. Und er half mir auf Schritt und Tritt, ein besserer Mensch zu sein. Wenn das nicht Liebe ist, dann weiß ich nicht. Wäre mein Gefühl für den Wolf nicht da gewesen, hätte ich ihn schon aufgegeben. Doch er war eben eine gute Lebensform.

Hermes, der Gutmensch, der einmal ein Mensch gewesen ist. Heute ein Wolf, dennoch mehr human als alle anderen in diesem Land. Mein Volk war böse und ich hatte mich so auf Boulevard gefreut, als man sagte, dort sei es wundervoll. Man bekam sogar Schokolade umsonst. Ich hatte wieder vergessen, wer mir davon geschwärmt hatte. Doch diese Person hatte es nicht völlig getroffen, wenn man Kurt Hafer betrachtete.

Dieser Kerl lag mir auf dem Magen. Ich hatte eine Vorahnung und fragte Viodora: »Sag, Schmetterling. Es steht schlimm um diesen Kurt, nicht wahr? Ich kenne solche Leute vom Heim. Still und argwöhnisch sind sie«.

Viodora flog auf der Stelle und meinte: »Ja, eine solche Art kommt immer Mal wieder vor unter den Menschen. Ich will da keinen schützen. Ein jeder Mensch kann Tücken aufweisen. Das ist die Natur der Spezies«.

Gerda schaute uns beide argwöhnisch an. Sie glaubte nicht an eine solche Natur des Menschen. Sie ist naiv, dachte ich mir und ich wusste das, weil ich selbst das eine oder andere Mal darin verfiel. Aber Gerda schoss den Vogel ab. Wenn sie nur Kurt abgeschossen hätte.

Dann meinte Gerda verständnisvoll: »Ich kann ja schon zwischen den Zeilen lesen. Und Kurt ist kein Kind mehr, welches traurig oder hilflos wäre. Das ist er nicht. Aber jeder Mensch hat mehr als nur eine Chance verdient«.

Damir sagte: »Du weißt nicht, wie oft er womöglich schon eine Frau geschlagen hat. Und solche Männer tun es immer wieder. Da helfen kein Knast und kein Erziehungsheim«.

Ich fragte: »Gibt es denn Erziehungsheime für Erwachsene?«

»Keineswegs, Sarah«, antwortete Hermes schnell.

»Wenn wir ihn nicht sofort zähmen konnten mit unserer Art und Weise, ist er eine Gefahr für jeden in dieser Stadt. Ich selbst war wütend auf die Menschen…« meinte Damir, »doch jetzt ist alles gutgeworden. Doch Kurt ist eine Nummer grober als ich es gewesen bin«.

Hermes fragte: »Wie kommst du darauf? Weil er mutig und schüchtern zugleich ist? Weil er zwei Seiten hat? Haben wir die nicht alle? Sind wir nicht Wesen, die komplex sind?«

Klar, ich konnte Hermes Glauben schenken. Er war weise und fair. Und wer war ich, ihm das abzusprechen? Viele glauben an das Gute, an einen wunderbaren Kern im Menschen. Ich wollte glauben, dass es diesen Kern gibt. Dass er tief in uns festsitzt und wir alle den Knoten lösen müssen.

»Sag mal, Hermes, mein liebster Wolf und ehemaliger Mensch. Ich bin nicht sicher, wie wir ihn einschätzen sollen. Als junges Mädchen habe ich nicht die Menschenkenntnis wie du, der du älter bist. Aber ist Damirs Vorsicht nicht echt? Hat er nicht recht, dass wir uns vorsehen müssen. Ein jeder muss das in dieser Stadt. Wenn Kurt wütet, sind alle in Gefahr. Und ich will nicht nachher die Strafe zahlen müssen für Mord und Totschlag«.

Hermes meinte: »Es ist nicht sicher, dass er gewaltbereit ist. Nur das Gefühl dafür zu haben, ist zu wenig. Ich würde ihn deshalb nicht anklagen. Wer ohne Schuld ist wirft den ersten Stein auf ihn? Du, Damir? Oder du, Viodora? Und Sarah. Bist du sicher, dass du besser bist als dieser Mann?«

Gerda war unwohl zumute. Sie kannte diese Stelle aus der Bibel nicht und dachte, Hermes sei hochintelligent. Dabei hatte er Jesus zitiert. Liebe ist auch, die Wahrheit zu sehen. Ein jeder ist schuldig. Das war Hermes Antwort an uns alle. Viodora hatte Kurt Hafer nicht beschuldigt, doch Damir und ich hielten es anders. Wir waren vorsichtiger. Zu wem Gerda hielt, war mir ungewiss. Sie war recht jung mit ihren fünfunddreißig, hatte dennoch mehr Erfahrung als meine Wenigkeit. Doch war sie reif genug, um das einschätzen zu können? Oder war ich weiter in der Entwicklung als sie? Ich befürchtete das Zweite. Denn ich sah sie an, und bemerkte eine kindliche Art an ihr. Und ich wusste nicht, ob sie Angst vor Kurt hatte, oder davor, keinen Mann abzubekommen?

Dann erhob sich Gerda, trug die Teekanne in die Küche zurück, und kam sodann mit ihrem Geldbeutel in der Hand. »Gehen wir in die Stadt? Ich habe einiges zu tauschen. Ihr würdet euren Teil abbekommen. Ich schenke euch das eine oder andere, okay? Wenn wir auf Kurt treffen sollten, werde ich ihn befragen. Was ist nun dran an seiner Geschichte? An seinem Leben?«

Hermes trat gepflegt an sie heran. »Gut. Wir gehen in die Innenstadt. Und wenn du Kurt siehst, darfst du mit ihm reden. Wer sind wir, dir das auszuschlagen? Ein jeder muss seine Erfahrungen machen. Du ebenso, Gerda«.

Sie schmunzelte und war hocherfreut. Ihre Augen tränten und ihre Backen strahlten. Aus lauter Freude umschlang sie Hermes, küsste ihn auf die Wange und meinte, er sei ein wunderbarer Wolf. Ich legte meinen Arm um Gerda und gab die Richtung an: die Haustüre.

Kapitel 16

Als wir durch die Straßen von Boulevard schritten, war Gerda die mutigste und glücklichste. Ich konnte ihr das mit Kurt zunehmend nicht ausreden. Denn Hermes hatte recht: Ein jeder muss Erfahrungen sammeln. Der Wolf wusste das vom eigenen Leben.

Gerda stoppte, denn sie spürte etwas. »Wir werden verfolgt. Ich fühle es. Spürt Ihr das nicht? Etwas Schreckliches verfolgt uns und wir werden dem kaum entrinnen können«.

Hatte jetzt auch Gerda das Gespür dafür? Ich musste den Schmetterling danach fragen. Denn Viodora hatte immer wieder ein Gespür. Ich fragte: »Viodora. Liegt Gerda richtig und gehen wir alle ins Verderben? Ich hoffe nicht. Spürst du es Viodora? Haben wir Glück oder Pech? Und werden wir diese Lage überstehen, wie wir alles andere an diesem Tage meistern?«

Viodora meinte, sie spüre es ebenso. Nur leicht, aber grausam genug. Eine Kreatur könne hinter uns her sein. Und wir seien ohne Waffen.

Und somit ohne jede Chance. Die Kreatur strahle eine ungeheure Bosheit aus. Das sei es.

Ich konnte Viodora schwer folgen. Für mich sprach sie zu zerfahren. Dennoch wollte ich sie nicht vor den Kopf stoßen und nachfragen, was sie denn damit meine. Sie war stets sozial und ich lobte dies unweigerlich.

Als sie auf Gerda zum Sitzen kam, lächelte die Bewohnerin dieser Stadt vollen Herzens. Ich sah, wie froh sie war.

Ich sagte, wie schön es doch sei, hier unter uns. Eine wunderbare Gruppe seien wir. Bekämen alles hin, was wir uns vornahmen. Gerda war die Neueste in dieser potenten Gruppe, aber geistlich nicht die Letzte. Denn sie war angenehm und gutgelaunt. Was verlangte man mehr als das?

Ein Junge, siebzehn Jahre alt, kreuzte unseren Weg, lächelte ungemein und grüßte mich. Wir waren im etwa gleichen Alter. Wollte er etwas von mir? Oder täuschte ich mich und er war nur ein netter Bewohner von Boulevard? Ich war nicht daran gewöhnt, gut behandelt zu werden. Diese Nettigkeit war schön.

»Keine Angst, Sarah«, meinte Hermes und grinste. Er schielte zum Jungen hinüber, ich möge mich nicht genieren. Der Junge war nett, strahlte aus allen Poren und verneigte sich kurzum vor mir. Dann gab er mir seine Hand zum Gruß und sagte: »Ich bin Gideon. Wie ist dein Name?« Ich nannte ihm meinen Namen und vollführte eine weibliche Verbeugung vor ihm. Waren wir im Mittelalter? So kam es mir vor. All dieses Geplänkel war schon weit hergeholt.

Ich näherte mich dem Jungen, diesem Gideon. Er hatte langes, braunes Haar. Und er grinste weit über die Backen. Wenn ich einen Freund habe, solle ich es offen aussprechen. Er habe da kein Problem. Was für ein Mann, dachte ich. »Nein, nein. Ich bin ledig und unberührt«.

Das hätte ich nicht sagen dürfen. Meine Jungfräulichkeit ging keinen etwas an. Und ich kannte Gideon erst seit einer Minute.

Hermes bat Gideon, mit uns zu ziehen. Der Junge habe Urlaub und käme gerne mit uns. Was denn der Weg sei, den wir gingen? »Zurück in den Wald«, sagte Damir. »Dort fühle ich mich zumindest am wohlsten. Wenn denn keiner was dagegen hat«.

Ich meinte, der Wald sei unser Freund. So habe ich es erlebt in den letzten Stunden. Wenn Gideon hart genug sei, könne er uns folgen. Wir seien eine eingeschworene Gemeinschaft. Kein Feind konnte uns was antun, denn wir waren ein Team, welches gut und gerne zusammen war.

Gideon runzelte die Stirn, nahm meine linke Hand und gab mir einen Kuss darauf. »Ich komme gerne mit euch. Freunde kann ich gut gebrauchen. Jetzt, da Opa verstorben war«.

»Was ist mit deinen Eltern?«, fragte ich. Er sah traurig drein. Diese seien bei einem Unfall in den Bergen verstorben. Schrecklich, dachte ich und berührte zärtlich seine Finger. Als er meine zarten, kleinen Glieder spürte, wurde er puterrot im Gesicht. Hoffentlich ist er nicht einer wie Kurt, dachte ich.

»Kennst du Kurt Hafer?«, fragte Hermes pflichtbewusst. Der Junge gestand, ihn zu kennen. »Dieser Bursche ist mir nicht geheuer, wenn ihr meine Meinung wissen wollt«, meinte Gideon.

»Nachts schleicht er im Ort umher und singt dabei Lieder, die er zuvor aus dem Radio gehört hat. Ich glaube, er ist ein Sadist. Wenn er keine Leichen im Keller hat, wäre ich erstaunt«.

Viodora flog davon. Sie schämte sich, für diesen Kurt eingetreten zu sein. »Es tut mir leid«, sagte sie sodann. »Ich kann das alles nicht glauben. Aber jetzt fühle ich eine Bedrohung nahen, etwa dreihundert Meter von hier entfernt. Wir sollten hier schleunigst verschwinden. Wer uns folgt, hat eine üble Ausstrahlung an sich. Ich kann es deutlich spüren, meine Lieben«.

Der Schmetterling war mir kompetent genug, sodass ich den Jungen am Arm packte und ihn hinter mir herzog. Die anderen folgten uns. Wenn Viodora recht behielt, waren wir in großer Gefahr. Denn wer sowas ausstrahlte, hatte sowas in sich drin. Das war mir klar.

Gideon zeigte uns den Weg durch die Innenstadt. Ich vertraute auf ihn. Hätte ein Lügner uns in Sicherheit gebracht? Kaum.

»Wenn Ihr das überstehen wollt, müsst Ihr mir folgen. Ich kenne die Stadt und den Wald drumherum wie meine Westentasche«.

Ich drückte fest seine Hand. Ein Zeichen von Furcht, dachte ich. Wenn er das gespürt und vernommen hatte, wusste er, dass ich zart bin. Dass ich Angst hatte vor dem Unbekannten.

Ich folgte ihm und stieg ihm aus Versehen auf die Ferse. »Oh, tut mir leid. Das wollte ich nicht. Ist nur ein kleiner Unfall, Gideon«. Er winkte das ab, es sei schon okay.

»Wir müssen in den Wald, dort haben wir Schutz«, meinte er mit erhabenem Ton. »Ich glaube ich weiß, mit wem wir es zu tun haben. Ich schweige nur, damit Ihr beruhigt seid. Wenn es stimmt, was ich glaube, sind wir in großer Gefahr«.

»Das wissen wir bereits«, meinte Damir und schloss auf die Gruppe auf. Sein Atem ging schwer und seine Beine waren müde. Er hatte von uns allen das meiste Gewicht auf den Knochen.

Ich sah mich um, schaute nach ihm und war besorgt. Würde er es schaffen? Kann er uns folgen, oder lässt er sich zurückfallen? Ich hoffe, die Gruppe bleibt zusammen.

Ich sah, dass Hermes mich angrinste. Erneut erkannte er meinen Gedanken. Ich war froh, dass er das beherrschte, denn ihm vertraute ich.

Hermes feuerte Damir an. »Du bist ein Bär, groß und kräftig. Komm schon, großer. Bleibe uns auf der Spur. Ich lasse dich hier nicht zurück, wo ein Wahnsinniger uns auf den Fersen ist«.

Damir fauchte, eine Art sich zu motivieren. Wer Glaube an sich hat, muss schon mal losbrüllen. Sich Luft verschaffen. Ich gestand ihm das gerne zu. »Roar«, kam es aus seiner Kehle.

Der Junge mit dem schönen Namen Gideon übernahm die Führung in der Reihe. Er hatte Mut, jetzt bewies er es. Er packte sich einen dicken, langen Stock und schritt durchs Gestrüpp. Ob ihm diese Waffe helfen sollte? Ich behielt meinen Gedanken für mich und seufzte. Ich hatte die Hoffnung verloren, dem Widersacher zu entfliehen. Zu brutal war die Aussage des Jungen, der den Angreifer kannte.

Als Gideon auf einen Felsen stieß, schlug er mit dem Stock einige Male darauf. Und er wusste, worum es sich hierbei handelte. »Ein riesiger Stein, das ist es. Und es wird uns einen Wunsch erfüllen. Dieser Stein ist in der Gegend bekannt, als Wunschstein. Wer auf ihn trifft, hat eine Sorge weniger. Was wünschen wir uns? Hat einer eine gute Idee?«

Viodora war sichtlich die Schlauste. So war es an ihr, den Wunsch für uns zu äußern. Sie überflog den Stein und sah einen hellen Schein von ihm ausgehen. Dieser Schein erreichte sie in ihrer Seele und sie sprach: »Lieber Stein. Lass uns doch zusammenhalten. Diese Gruppe ist Gold wert. Lass uns in Harmonie alle Prüfungen des großen Gottes bestehen. Wenn Übles naht, so lass uns zusammen dagegenhalten«.

Der Junge riet uns allen flüsternd, man möge jetzt innehalten, still bleiben. Er spüre etwas von hinten wie von vorne nahen.

Zwei Personen? Es sind zwei Gestalten, die uns einkreisen. Ich war nicht mal erwachsen und muss schon sterben. Hermes grinste über beide Ohren. Ich sagte zu ihm: »Grinse, mein Lieber. Ich weiß, du spürst meine Gedanken. Ja, ich bin zu jung, um zu sterben. Man ganzes Leben liegt vor mir, auf dem Tablett serviert«.

Hermes lächelte und stieß einen schönen Seufzer hervor. Dann hörte er etwas aus den Büschen. Es war Gerda, die ihre Hose hochzog, nachdem sie dort gepinkelt hatte.

Sie entschuldigte sich und ihr Gesicht lief rot an. Dann war sie schüchtern und stellte sich hinter Hermes. Dieser strich ihr mit seiner Tatze über das Bein. Sie lächelte, so, als wenn sie da kitzelig ist. Als er abließ, beruhigte sie sich.

Der vorgebrachte Wunsch des Schmetterlings lief mir nun über den Rücken. Sie hatte für den Zusammenhalt dieser Gruppe quasi gebetet. Wenn dieser Stein Kräfte hatte, dann würde er uns schnell helfen, dieser Szenerie zu entkommen. Wenn er keine Kraft hatte, wären wir verloren. Ich glaubte an diesen Wunsch, an den Stein. Der alles wahrmachen soll. Und ich hatte ein gutes Gefühl damit.

War ich naiv mit diesem edlen Stein? Aber hatte nicht der eine oder andere Schlimmes kommen gespürt? Warum konnte ich das nicht fühlen? Es war etwas Schlimmes in unserer Nähe, und ich hatte keine Ahnung. Ich dachte, dass die anderen spekulierten. Ein schlimmes Gefühl war nicht hundertprozentige Realität.

Meine Realität von früher war herb, ich war hartgesotten. Und ich ließ meine Fäuste schwingen. Heute aber war alles anders geworden. Mein Herz öffnete sich, wie meine Fäuste.

Damir, der Bär, war genauso geworden. Wir beide waren die sanften Großen. Hermes, der Weise. Viodora, die Liebliche. Und Gerda, die Gute und Naive. Das alles waren wir. Diese Gemeinschaft liebte ich von heute an. Der Junge, der vor einigen Minuten zu uns gestoßen war, den konnte ich nicht einschätzen.

Hermes gab Gideon einen sanften Stoß, und der Junge gab mir einen kleinen, feinen Kuss auf die Wange. Er war, neben der Tatsache, dass er mutig war, eben zudem zärtlich. Und das in dieser schrecklichen Lage, in der wir uns befanden. Ohne Schuld waren wir in dieser Szene gefangen und ohne Schuld war jeder dieser Gruppe. Ich spürte die Dankbarkeit in Damir aufkommen. Ich selbst war Viodora und Hermes dankbar, dass sie mich der Liebe zugeführt hatten. Einer Liebe, wie sie Freundschaften haben. Und wie sie Familien haben. Und ich wollte eine eigene, kleine solche.

Das ließ ich mir aus dem Gesicht lesen. Ein jeder konnte es sehen. Jeder, der die Welt der Gefühle kannte.

LIEBE UND VERFOLGUNG

Kapitel 17

Gideon nahm meine Hand, drückte sanft zu. Waren wir zusammen? Oder ist dies reine Phantasie? Die Fahne stand quasi im Wind und ich fühlte ein Kribbeln und eine Verliebtheit. Das geht aber schnell, dachte ich mir.

Wir sprangen von Fuß zu Fuß über den Waldboden. Nebeneinander und voller Vorfreude auf das, was kommen mag. Meine Brustwarzen waren hart geworden und seine Stange stand hervor. Das ist nicht nur Verliebtheit. Das ist ebenso Geilheit. Ich mochte dieses Wort nicht. Nicht mehr. Und so strich ich es mir aus dem Verstand.

Ich bemerkte nicht, was sich bei den anderen tat. Vorsichtig traten sie über die Blätter der Bäume. Immer wieder knirschte es. Ich aber war im Rausch gefangen. Diese Verliebtheit war echt und angenehm, und sie vertrieb jedes schlimme Gefühl.

Gideon grinste mich an. Auch er sah nur mich und keinen anderen. Nur zwei Mal flog der Schmetterling vor meinen Augen umher.

Ich wusste nicht, was sie damit zu sagen versuchte. Wollte sie uns warnen? Nein, war mein Gedanke. Jedwede Angst hatte ich verscheucht. Unsere Leben schmolzen zusammen und unsere Lippen trafen sich. Zart spürte ich seine Zunge. Wenn er es so will. Dann mache ich mit. Wir gaben uns zärtlich dem anderen hin. Alle Umwelt war verschwunden. Die Gemeinschaft als unwichtig degradiert. Diese Liebe soll größer sein als Hermes und Viodora für mich? Es war etwas Neues für mich. Wo doch der Wolf und der Schmetterling lebenswichtig waren. Sie trieben mich an, wie die Batterie in einem Auto.

Gerda war in dieser Hinsicht mutig, denn sie sprach: »Ihr könnt da drüben in die Büsche. Ich erlebe das nicht zum ersten Mal. Liebe auf den ersten Blick. Wir warten da vorne auf euch. Wenn unsere Verfolger uns nicht schon geschlachtet haben. Ihr seht auch gar nichts, nicht wahr?«

Hermes meinte: »Sie sehen es nicht, weil ihre Gefühlswelt einseitig ist. Sie lieben einander und das ist doch nicht schlimm. Du hattest deine Chance, Gerda. Jetzt lass mal die beiden das genießen. Wir kümmern uns schon um die Verfolger«.

»Wir werden sie brauchen«, meinte Viodora, als sie herbeiflog. Sie hatte den Weg geprüft. Und sie war sich sicher, dass vor und hinter uns jemand die Fährte aufgenommen hatte. »Von beiden Seiten. Nein, wir brauchen jeden Mann und jede Frau. Diese Gruppe muss jetzt diszipliniert vorgehen. Sonst überlebt es keiner von uns. Wir haben keine Waffen. Was haben unsere Gegner? Ich weiß es nicht. Aber ich werde es in Erfahrung bringen«.

Viodora war in Plauderlaune und das mochte ich nicht. Hermes dosierte seine Worte schlauer als der Schmetterling in dieser Minute. Viodora spuckte nur so mit Worten. Ihre Aussprache war feucht. Tröpfchen trafen mein Haar. Ich dachte, sie war nervös wie niemals zuvor.

Damir bemühte sich, in den Wald zu horchen. Was hörte er mit seinen Bärenohren, die funktionsfähiger sind als die der Menschen. Er schüttelte den Kopf. »Da spricht jemand. Das ist ja komisch. Ich würde schwören, dass es ein

Mann ist, mit tiefer Stimme und langsamen Sätzen. Er redet mit sich selbst«.

»Ein Freak also«, meinte Hermes und kicherte. »Solche Leute sind ungefährlich, würde ich sagen. Mein eigener Sohn war damals ein Freak. Er sprach mit sich selbst und benahm sich zurückhaltend. Dieser Mann ist keine Gefahr, Viodora. Damir, Ihr täuscht euch. Wir haben nichts zu befürchten. Die Lage sollte sich sofort entspannen«.

Gideon und ich sahen uns derweil in die Augen. Wir brauchen Gideon, sagte ich mir, als ich kurz die Atmosphäre aufnahm. »Gideon. Sieh nur, wie ängstlich sie alle sind. Wir müssen was tun. Du musst was tun«.

Glücklicherweise konnte sich Gideon einen Moment später fangen. Er spürte ein Wesen von hinten kommen, als er sich umwand und den Arm dahin ausstreckte. Etwas verfolgte uns, und Gideon hatte meiner Meinung nach die größten Fühler in unserer Gruppe. Viodora war zwar fühlend, aber nicht so dramatisch wie dieser Junge hier. Er war mir lieb und teuer geworden. Nicht nur durch seine Gabe. Sondern ebenso, weil wir uns ineinander verliebt hatten. Er und ich waren ein Paar, das sich liebte. Und welches sich wieder der Gemeinschaft anhängen musste. Zu wichtig war der nächste Schritt. Wir mussten dem Gegner Auge in Auge gegenübertreten. Und das würde schon bald geschehen. Gideon tat zwei Schritte, in Richtung Boulevard. Dann seufzte er und meinte: »Wir stecken hier fest«.

Hermes meinte: »Wir haben durch eure Liebelei Zeit verloren. Das wird uns jetzt zum Bumerang. Es ist wahr, Viodora? Wir stecken hier fest?«

Viodora flog auf einer Stelle und ich wusste, was sie sagen wollte. Ihr verschlug es die Sprache. So sagte ich es: »Ja. Das ist eine Notlage. Es könnten zwei halbwüchsige sein oder zwei riesige Bären. All das ist möglich. Und ich würde sagen, dass wir in die Büsche verschwinden. Jetzt!«

Einer nach dem anderen sprang in die Büsche. Gideon gab mir den womöglich letzten Kuss in meinem Leben. Würde es bald vorbei sein? Waren wir alle zwei Monstern ausgeliefert? Ich war nicht in der Lage es zu spüren. War nicht imstande gewalttätige

Personen oder Tiere auszumachen. Aber Gideon, Viodora und Damir konnten es. Und ich sollte mich ihrem Ratschlag beugen, wenn ich überleben wollte. Jetzt erkannte ich die Anspannung einiger dieser Gruppe. Und ich dachte, dass es schlimm enden könnte. Wusste nicht, wer uns folgte, aber die Gesichter der Gruppe sprachen Bände. Ich kannte keinen Ausweg. Andere mussten entscheiden. »Hermes und Viodora. Ihr entscheidet, wie es jetzt weitergeht. Was sagt Ihr? Bleiben wir still in den Büschen, oder schlagen wir gleich zu?«

Ich sah es hinter Hermes' Stirn arbeiten. Er hatte es gleich. Einen Vorschlag, der für alle gut sein würde.

Er bückte sich hinter die Büsche und so wusste ich, wir blieben in Deckung.

Sein Ratschlag war, Ruhe zu bewahren, und die Verfolger ins Leere laufen zu lassen. Sie würden gleich vor uns auftauchen. Wenn wir still blieben, würden sie wieder abrücken. Und wir wären gerettet. »Keinen Mucks, bitte«, sagte ich in die Runde.

Ein kleingewachsener Mann, Anfang zwanzig, eilte herbei und blieb stehen. Ich machte keinen Mucks. Würde er uns spüren? Er hatte keine Waffe in der Hand. Aber er fletschte seine Zähne. Sein Blick verharrte. Er sah in unsere Richtung. Meine Nerven würden das nicht lange durchhalten. Als Hermes meinen Unmut sah, sprang er aus den Büschen heraus und kratzte den Angreifer im Gesicht. Der junge Mann hielt sich an die Backe. Blut tropfte auf den Waldboden. »Du Wahnsinniger. Was fällt dir ein?«, sagte der Jüngling. Dabei zog er seine überlangen Jeans hoch. Sodann zog er den Gürtel seiner Hose heraus und versuchte, den Wolf damit zu schlagen. Hermes wich aus, dann aber traf der Gürtel ihn doch. Er jaulte vor Schmerzen und ich fühlte mit ihm. Ich sprang aus den Büschen und kniete mich zu Hermes, um ihm aufzuhelfen. Er bedankte sich bei mir und sah den Jungen böse an. Die anderen der Gruppe trauten sich hervorzukommen. Gerda schrie den jungen Mann an. Sie war mir zunehmend nicht geheuer. Mal war sie mutig, dann wieder schüchtern. Was hielten die anderen davon? Das müsste ich mal die Runde fragen.

Ich trennte Gerda vom jungen Mann. Dieser schlug ihr mit der Faust hinterher, doch er traf sie nicht.

Damir verschaffte sich Respekt bei ihm und stieß ihn zurück. Er hatte seinen Platz somit markiert. So schnell konnte der Angreifer nicht reagieren, doch als es stiller wurde, witterte er seine Chance. Er zog ein Taschenmesser aus der Jeans und hielt sie vor Damirs Nase. Der Bär trat zurück. Er mochte Messer nicht. Ich ebenso wenig. Hermes aber war dem vertraut und biss dem jungen Mann in die Hand, sodass dieser die Waffe fallenlassen musste.

Gerda nahm das Messer und verwundete ihn am Arm. Er presste seine Hand auf die Wunde und fauchte wie ein Bär. Welch verrückte Welt, dachte ich mir.

Aus Angst ließ Gerda das Messer los. Es knallte sanft auf den waldigen Boden. Der Angreifer sah zu Boden und kicherte. Er dachte sich, er könne sich die Waffe erneut aneignen. Was er sogleich tat. Er spielte verrückt, traf den einen, dann den anderen der Gruppe.

Hier eine Verletzung, da eine. Blut schoss durch die Luft. Und wir hatten keinen Arzt an Bord. Geschweige denn eine Krankenschwester.

Da dachte ich an Savannah. Sie würde uns alle versorgen. Hier einen Verband, dann da einen. Sie war mit verwundeten Kindern vertraut. Die Lage schien durchwühlt zu sein. Ein Durcheinander größter Güte, dachte ich. Mit welch einem Ungestüm wir da kämpften. Und der junge Mann hatte keine Hemmungen. Selbst den Bären wie den Wolf hatte er im Griff.

Was für eine blödsinnige Welt, dachte ich. Ich nahm einen Stock und schlug ihn auf den Angreifer. Der Schlag verpuffte auf seinem Ärmel. Dann stach er nach mir und traf mich am rechten Bein. Gideon hatte sich bislang zurückgehalten. Jetzt zerrte er mich zur Seite und sah sich die Wunde an.

»Halb so schlimm, meine Liebe. Ich werde es ihm schon zeigen. Damit kommt er nicht durch. Nicht bei mir«.

Ich lächelte Gideon an. Er war mein Held. Mein Retter. Doch würde er den Mann ausschalten? Kannte er einen Schlag, der das anrichten könnte?

Ich hoffte, dass er einen Handkantenschlag anbringen würde. Das sah ich mal in einem Kung-Fu Film. Er müsse ihn am Hals treffen, sagte ich im Geheimen. Gideon probierte es, der junge Mann aber verletzte ihn schon an der Hand. Gideon trat einen Schritt zurück. Wir konnten nichts ausrichten. Der Angreifer war mit dieser Waffe versiert. Und mir blieb nur ein Geschrei, um ihn demütig zu stimmen. Was würde ich schreien? Wie grausam soll der Tonfall sein?

»Du Lump von einem Mann. Du kleiner Junge. Dich habe ich gefressen. Du bist uns ausgeliefert. Gehst in den Knast. Und das, nicht zu kurz. Ich habe schon eine Menge solcher Menschen im Heim gehabt. Und immer trug ich den Sieg davon. Das lass dir mal gesagt sein«.

Der junge Mann ließ das Messer fallen und rannte mit Gebrüll auf mich zu. Dann stieß er mich gegen die Brust. Ich konnte mich nicht mehr halten und fiel rücklings zu Boden. Wieder war es Gideon, der mir aufhalf, doch er enttäuschte mich. Sein Mut von vorhin war dahingeschmolzen.

Ich befreite mich von Gideons Griff. »Du bist ein Blödmann«, sagte ich zu ihm. »Geh. Verschwinde. Wenn du hier nichts mehr ausrichten kannst. Pass bloß auf, dass du dich hier nicht verletzt«.

Er senkte den Kopf, als plötzlich der Angreifer ihm von hinten in den Rücken stach. Er traf mit dem Messer auf einen Knochen. Als Gideon das bemerkte, da stieß der junge Mann das Messer ein zweites Mal. Doch jetzt wehrte Gideon die Waffe mit seinem Ellbogen ab. Der Angreifer schubste Gideon.

Plötzlich kam ein anderer Mann herbei. Ich erkannte ihn sofort. Es war Kurt Hafer. Er nahm dem Jüngling die Waffe aus der Hand, schrie auf ihn ein: »Du Schuft«. Dann drückte er ihm das Messer durch die Brust. Der Mann verstarb auf der Stelle. Sein letztes Wort war an Kurt gerichtet: »Das hast du ja gut hingekriegt«.

Kurt ließ es sich nicht nehmen, den Angreifer bestatten zu wollen. Dafür band er mit einer Art

Liane, die er aus einem Busch hatte, und zwei Stöcken ein Kreuz. Welches er in den Boden rammte.

Anstand hatte er, denke ich mir heute. Damals sprach ich ihn an: »Hör mal, Kurt. Willst du ein paar Worte sagen«. Kurt verhielt mucksmäuschenstill. Er kenne den Typen nicht, und wolle nichts mit ihm zu tun haben. Wenn ich wolle, könne ich was sprechen oder für immer schweigen.

Und so sprach ich ein kurzes Gebet, nicht an den großen Gott, sondern an die Engel, an die ich zu glauben begann: »Liebe Engel. Ihr umkreist uns, das ist mir heute bewusst geworden. Wenn ich auch wenig spüre, das weiß ich schon. Nehmt diesen Leichnam auf in eurem Reich. Kein Mensch ist es wert in die Hölle geworfen zu werden. Davon gehe ich aus«.

Viodora hielt kurz inne. Sie spürte etwas. Dann sagte sie, Engel seien um uns herum. Zudem höre sie wie diese Wesen sagen, sie seien einverstanden mit meiner Bitte. Ich wusste, es war die Wahrheit, wie ich weiß, dass ich Luft einatme, die ich nicht sehen kann.

»Wisst Ihr«, sprach ich weiter. »Dieser junge Mann hat uns angegriffen. Und doch muss er einen Grund haben, das zu tun. Ich will jetzt nicht nachforschen ... obwohl. Weshalb sollten wir nicht erfahren, warum ... «

»Genau«, sprach Hermes brüsk. Er müsse einen plausiblen Grund haben. Dabei sah er zu Kurt hoch und grämte sich. »Du bist mir nicht geheuer, das sage ich dir direkt in dein Gesicht, mein lieber Kurt«.

Ich mochte diesen Kauz, diesen Wolf. Er sagte, was er fühlte und dachte.

Ich sprach zum Wolf: »Weißt du, Hermes. Ich halte große Stücke auf dich. Sei unbesorgt. Ich bin auf deiner Seite. Und ich glaube alle anderen sind das ebenso, nicht wahr?«

Mein Gefühlsausbruch kam gut an. Hermes lächelte und stieg mir sanft auf den Fuß. Damir gratulierte mir für meinen Hinweis. »Wisst ihr«, sagte der Bär, »Hermes lag nie falsch. Was kommen mag, er bleibt standhaft«.

»Ich liebe dich, Hermes«, sagte Viodora, und setzte sich auf seinen Kopf. Er glitt mit der flachen Pfote über sie. Dann erschrak er, als sie meinte, wir sollen Kurt eine Chance geben.

»Er kriegt keine Chance mehr, aber das müsst ihr mit mir zusammen entscheiden«, sagte Hermes. Kurt strahlte den Wolf an. In diesem Moment stand er gefühlsmäßig über ihm.

Sogleich hob Hermes seine Brust und ging zwei Schritte auf Kurt zu. Um zu sehen, was dieser dabei fühlte.

Als er direkt vor Gerdas Schwarm stand, wurde dieser immer nervöser. In ihm brodelte es, wie in einem Feuer, welches stumm war. Würde er preisgeben, was er fühlte? Spürte er überhaupt? Ich tat es schon, aber etwas vorhersehen, das konnte ich nicht. Mir waren eher die Gesichtsausdrücke und Worte ein Begriff. Dies war eine Ausbildung, die ich liebte.

»Na gut«, sagte Viodora. Sie erhob sich über uns und meinte keck: »Ihr müsst nicht nach mir gehen, aber nach der Nächstenliebe sollte man schon schauen. Ihr habt mich nicht gefragt, aber ich sage es euch trotzdem«.

Ich verfluchte den Schmetterling keineswegs, doch sprach ich: »Weißt du, Viodora. Ich mag dich, du kannst aber nicht auf allen Hochzeiten tanzen. Entweder er oder wir. Was sagst du?

Ich würde dir einmal vergeben, dafür, dass du gegen uns wetterst. Wenn du nur zu uns zurückkommst«.

Viodora flog weiter über der gesamten Gruppe. Welch Zeichen war das? Ist sie neutral? fragte ich mich.

Wenn ja, dann vergebe ich ihr, dachte ich weiter. Wenn sie aber allein für Kurt da war, dann musste ich eingreifen.

»Niemand muss hier eingreifen«, sagte Hermes, nachdem er mich gespürt hatte. Und ich fühlte, dass er aus mir las, wie aus einem offenen Buch.

Ich sagte: »Weißt du, Hermes. Ich vergebe Viodora. Ich bin mir sicher: Was sie auch tut und sagt, ich stehe für sie ein. Wie ich für jeden anderen hier einstehen würde«.

Das schmeichelte dem Schmetterling. Ihr blau verfärbte sich in ein grün. Grün ist meine Lieblingsfarbe.

»Du bist wunderbar, Viodora«, sagte ich. Dabei streckte ich mich nach ihren Flügeln, um sie ihr zu streicheln. Zudem sprach ich: »Grün ist meine Lieblingsfarbe. Kannst du das mit allen Farben?«

Viodora ließ sich von mir streicheln, dann flog sie über meinen Kopf und sagte, sie würde nicht über meinen Kopf entscheiden, wer gut und wer böse sei. Aber sie stehe eben für Gerechtigkeit.

Viodora ließ sich streicheln, doch ignorierte meine Farbenlehre. Viel lieber sprach sie über Gut und Böse. Sagte, sie würde auch meine Meinung darüber in die Waagschale legen. Damir, der Bär deutete Gut und Böse so:

»Gerechtigkeit fällt jenen zu, die selbst gut und fromm sind. Kurt scheint das nicht zu sein«.

Kurt stach in die Wunde: »Fromm scheinst du, Bär, ebenso nicht zu sein«.

Ich verteidigte Damir mit meinem Körper, stellte mich hierfür vor ihm auf und streckte meine Arme zum Schutz aus.

»Diesen Bären habe *ich* kleingekriegt. Er ist gut wie kaum ein anderer. Kurt. Wirst du ihn jetzt schlagen, weil er gutmütig ist?

Kurt antwortete: »Er greift mich mit Worten an. Soll ich das durchgehen lassen?«

Hermes bestätigte, was ich vermutete. »Wer ist schon fromm in dieser Welt? Kein Engel kann das und wir erst recht nicht«.

Kurt

Kapitel 18

Hermes wurde still. Sein Gesicht blasste aus und sein Atem ging schwer. Hatte er es mit Kurt übertrieben? Hatte er ein Gewissen, das ihn plagte?

Als Kurt sah, wie sich der Wolf auf die Seite legte, holte er einen Rucksack vom Rücken, stöberte darin und kramte ein Laib Brot hervor. Er riss ein Stück davon ab und gab es Hermes. »Oh, das könnte wirken«, sagte Hermes und biss sich ein kleines Stück davon ab. Kurt war froh, geholfen zu haben, das sah ich ihm an.

»Und doch sind wir keine Freunde. Das würde zu schnell gehen. Ich gebe zu, ich habe Vorbehalte«.

Bis zu einem gewissen Maß war Hermes sanftmütig. Wer aber gegen die Gruppe aufbegehrte oder den Wolf beleidigte, der hatte bei ihm verloren. Und Kurt hatte Schweiß auf der Haut. Hermes dachte, dies sei das Zeichen. Ein Zeichen, dass nicht alles koscher zugeht mit Kurt.

Ich versuchte, ihn zu beruhigen. Hermes war ein guter Zeitgenosse. Und ich war die

Letzte, die ihn verurteilte. Von Minute zu Minute ging es ihm schlimmer. »Schwindel«, meinte er. »Dieser Schwindel bringt mich um«.

Ihm drehte sich der Kopf. Er nahm mehr vom Brot und ich hoffte, dass es helfen würde. Bissen für Bissen, verleibte er sich ein. Kurz dachte ich, er habe es geschafft, dann aber drehten sich seine Augen im Kreis.

Aus dem Augenwinkel sah ich einen Bach. Ob denn jemand ein Tuch dahabe. Was Gerda bejahte. Sie nahm ihr Halstuch und übergab es mir. Ich tränkte es im Bach und legte es Hermes über die Stirn. Es musste besser werden.

»Gehen wir jetzt weiter, oder was?«, fragte Kurt.

»Nein, bitte nicht«, sagte Hermes.

»Wir bleiben hier, bis es Hermes wieder gut ergeht«, sagte ich. Wir sind eine eingeschworene Gruppe. Und du, Kurt, solltest dir mal eine Scheibe von Hermes abschneiden. Wie du dich hier benimmst ... »

Hermes schloss die Augen und ich bekam Angst um ihn. Plötzlich öffnete er sie erneut und ich atmete erleichtert aus. Ich kannte den Tod nicht und wollte ihn nicht sehen.

Hermes sprach: »Kurt wollte mir helfen, und das rechne ich ihm hoch an. Dass es mir nicht gut geht, ist nicht seine Schuld. Reichen wir uns die Hände und Pfoten, meine Lieben. Auf dass die Gruppe bestehen möge«.

Ich nahm Hermes` Pfote. Alle anderen hielten sich die Hände und Tatzen und wir bildeten dabei einen großen Kreis. »Sodass die Gruppe bestehen möge«, sagte Gerda plötzlich. Sie machte Kurt inzwischen keine schönen Augen mehr. Sie hatte das Interesse an ihm verloren. So schnell kann es gehen, doch ich fragte nicht weiter nach. Ließ ihr ihren Frieden, wie ihren Mut. Würde sie bald einen anderen Mann finden? Würde sie ihre Schüchternheit, die sie mit Männern hatte, ab acta legen?

Ich vermutete, sie würde weiterhin zurückhaltend sein mit Männern. Doch mit uns in der Gruppe trumpfte sie weiterhin auf. Zeigte ihre Aktivität und ihre Leidenschaft. So lernte ich sie kennen, so lernten wir alle sie kennen. Kurt aber blieb mir ein Rätsel.

Hermes schob sich das letzte Stück vom Brotlaib in den Mund. »Es muss doch langsam besser werden. Mein Gott. Wenn es dich gibt, dann hilf mir aus der Not. Ich werde dafür jeden Tag zu dir beten«.

Ich sagte: »Ich sollte das ebenso tun. Beten«. Wenn es Hermes helfen würde, dann müsste auch ich Gott für ihn anrufen. Eine Familie zu gründen ist für mich ein großes und schönes Ziel. Wenn Gebete helfen, dann tue ich es. Springe über meinen Schatten und bete den großen Unsichtbaren an. Für Hermes und für mich.

Hermes flüsterte mir ins Ohr: »Wenn du betest, dann gib dem großen Gott nicht die Schuld, wenn es schlecht läuft. Sieh darauf, wenn es gut wird«.

Viodora schaltete sich ein: »Wer Gott kennt weiß, dass er nur das Gute tut, und der Teufel nur das Üble«.

Ich legte mich neben Hermes, der es nicht schaffte aufzustehen. Als ich mit der Seite auf dem Boden lag, grinste Hermes mich kurz an. Ein Zeichen für Liebe, dachte ich mir und grinste zurück. Er spürte mich. Mein Mitleid. Meine Angst um ihn. Ich hoffte, er ließe sich nicht von meiner Angst ins Verderben treiben lassen.

»Hermes. Du solltest erhobenen Hauptes untergehen«, sagte Kurt.

Ich schimpfte Kurt an: »Hier geht keiner unter, mein Lieber«.

Kurt antwortete: »Ich meinte nur, er möge kräftig sein. Körperlich und geistig. Das ist es was ich damit sagen wollte«.

Viodora setzte sich auf Kurt und sprach: »Kurt hat recht. Hermes sollte kraftvoll sein und sich nicht dem Selbstmitleid hingeben«.

Damir sagte: »Von Selbstmitleid ist nicht die Rede. So schätze ich Hermes nicht ein. Nachdem ich ihn einige Stunden kenne«.

Ich sagte: »Nein, Selbstmitleid braucht Hermes nicht zu haben. So schlimm wird es doch nicht um ihn stehen?«

Ich wusste, dass der Mensch einiges ertragen kann. Erst im Äußersten wendet der eine oder andere Selbstmitleid an. Dann, wenn er keinen Glauben und keine Hoffnung mehr hat.

Ich hatte beides für Hermes parat. Und wollte es aus dem Ärmel ziehen, um ihm zu helfen.

»Hermes. Sieh nur, die Blume da, neben deinem Mund. Welche Sorte ist das denn?«

Damit versuchte ich, ihn abzulenken.

Hermes sah sich die Blume an und meinte, es sei eine rote Wildrose. Wie schön sie denn sei, sagte er weiter. Ich dürfe eine davon für ihn pflücken. Er würde sie in Ehren halten, in Erinnerung an diesen Tag.

Nach einigen Minuten war Hermes bereit, aufzustehen und die ersten Schritte zu gehen. Ich machte mir nichts vor. Er würde eine weitere halbe Stunde brauchen, um gut laufen zu können. Ich vertraute darauf, dass er es sich einteilen würde. Doch noch war es übersichtlich. Er lief drei Schritte, dann blieb er stehen. Nach weiteren fünf Schritten, kam er erneut zum Stehen. Ich machte mir große Sorgen um seinen Zustand.

»Hermes. Es wird doch alles wieder gut, oder?«, fragte ich. »Du wirst gesund und wir gehen zusammen weiter. Wenn du, Kurt, schneller weitergehen willst, dann nur zu. Geh schon. Ich mache mir nichts aus dir«.

Ich musste ihm die Leviten lesen, wer sonst würde es tun? Hermes und Viodora nicht. Bei den anderen war ich mir nicht sicher. Hätte Damir Kurt angefaucht? Ich glaubte es nicht.

Zu zahm war der Bär. Er würde das, was er erreicht hatte wieder aufs Spiel setzen. Und ich würde es ebenso. Und doch stand ich stramm da. Gerda machte ein unbeeindrucktes Gesicht. Sie war mental kräftig und ich hoffte, sie würde Kurt angehen wollen. Damit ich nicht alleine dabei war.

Hermes hielt inne. »Weißt du, Sarah. Derart rechts von der Mitte habe ich dich nicht gesehen. Würdest du bitte zurückfinden. Genug der Vorwürfe. Kurt bekommt die gleiche Chance, wie sie Gideon erhalten hatte«.

Ich bemerkte, wie rigoros Hermes dastand und diese Worte sprach. »Er hat mir Brot gegeben, das ganze Laib. Wer würde das tun, wenn er ein Masochist ist? Keiner. Kurt sehe ich als sensiblen, manchmal zu frechen Zeitgenossen. Das eine schließt das andere nicht aus. Wieso sollte er uns mit diesem Fremden behilflich sein? Er hätte uns dem Schicksal überlassen können, was er nicht getan hatte«.

Viodora hielt weiter zu Hermes, setzte sich dabei auf seine Nase und meinte: »Willst du mit uns gehen, Kurt? Du darfst, wenn du möchtest.

Du gehörst von mir aus zur Gruppe dazu. Hermes hat es eben erläutert. Dieser Mann ist nicht übel, wenn er ab und zu dennoch frech ist«.

Ich konnte es nicht verstehen. Die Zeichen standen auf Krawall und Grobheit. Beides mutete ich Kurt zu. Er bückte sich zu Hermes und strich mit der flachen Hand über dessen Fell. Ich flüsterte: »Das wird dir nicht helfen, du Schuft. Das kannst du nicht mit uns machen. Wir sind eine gute Vereinigung. Du passt da nicht hinein«.

Hermes sah zu mir herauf, Kurt streichelte ihm über die Stirn. Der Wolf meinte an mich gerichtet: »Sei nicht zu kratzbürstig. Deine Launen sind schrecklich. Trinkst du keinen Kaffee? Der würde dir guttun. Würde dich auf den Boden holen. Du wärst nicht so grob«.

»Woher soll ich denn Kaffee nehmen, Hermes? Bei Bauer Schmidt hatte ich keinen gefunden. Und ja, du hast recht. Ohne zwei Tassen Kaffee am Morgen bin ich frech. Das ist hier das Resultat. Es tut mir leid. Könnt Ihr mir vergeben?«

Kurt meinte frivol: »Das überlegen wir uns, meine Liebe. Aber wenn es dir hilft: Ich habe eine Thermoskanne voll Kaffee in meinem Rucksack. Wenn du möchtest, dann trinke daraus«.

»Ist das ein Scherz«, fragte ich ihn. »Du hast doch nicht Kaffee dabei. Welch ein Zufall«.

»Die Zufälle häufen sich«, meinte Gerda. »Wie kann das nur sein? Sarah braucht Kaffee und prompt hat Kurt welchen in seiner Tasche. Das alles ist doch mysteriös«.

»So würde ich es ebenso bezeichnen«, sagte Damir und trat an Kurt heran. Dieser lächelte ihn an, Schweiß stand ihm im Gesicht. »Ihr glaubt doch nicht, ich habe etwas damit zu tun?«

»Womit hast du nichts zu tun?«, fragte Gerda und bildete, zusammen mit Damir und mir, einen Kreis um Kurt. Er saß in der Falle. Wir mussten nur zuschlagen. Ihn bei der Tat erwischen.

Doch würde er jetzt eine Tat begehen? Wo einige Vorbehalte haben? Ich selbst hatte Zweifel.

Der Bär trat Kurt auf den linken Fuß, Gerda schubste den Verdächtigen gegen die Brust. Und ich runzelte die Stirn. Das war kein Kindergarten. Wir mussten und wehren. Und das taten wir. Ich drückte mit einer Hand gegen die Schulter Kurts, mit der anderen verdrehte ich ihm die Hand. Ich hatte ihn so fest im Griff. Viodora meinte, das müsse nicht sein. Ich aber tat es aus Überzeugung. Hermes Gesicht sprach Bände. Er war nicht sonderlich zufrieden mit meiner Entwicklung. Und doch musste man, ebenso im Wald, seinen Mann stehen. Ich wusste, Gewalt erzeugt Gegengewalt, doch der Bessere setzt sich am Ende durch.

Kurt stöhnte und verzog sein Gesicht, ließ dabei seinen Rucksack fallen, wonach ein kleines Fläschchen aus diesem herauskullerte. Hermes sah sich diese kleine Flasche an und fragte Kurt, was da drin sei. Kurt konnte sich nicht herausreden. Sagte aber: »Nur mein Medikament. Das nehme ich an jedem Morgen ein. Ich habe es immer im Rucksack, sollte ich mal für längere Zeit außer Haus sein«.

Ich ließ ihn für einen Augenblick los. Er nutzte das, um sich aufrecht zu stellen und dabei die Brust zu heben. »Na«, meinte Gerda. »Hast ja gleich eine Erklärung parat. Ich glaube diesem Ganoven kein Wort«.

Mir ging es nicht anders. Als ich Gerda so dastehen sah, wendete ich erneut den Griff an Kurt an.

Er beugte sich vor Schmerz zu Boden und sagte: »Wo hast du das nur gelernt, du Göre?«

»Im Heim lernt man einiges für Fälle wie diese. Wir gehen dir nicht mehr auf den Leim«.

»Habe ich dir nicht beigebracht sanfter zu sein?«, fragte der Wolf.

»Er hat offensichtlich Dreck am Stecken. Ich weiß was du mich gelehrt hast, aber das ist ein Notfall. Er hat dich, mit diesem Mittel im Brot, vergiftet«.

Diese Sätze kamen spontan aus mir heraus. Sie mussten die Wahrheit sein. Das fühlte ich so. »Wer mir nicht glaubt, der höre in sich hinein«.

Und so herrschte eine Stille. Alle hörten in sich hinein. Es war Damir, der als Erster ein Resultat parat hatte.

»Ich fühle es ebenso wie Sarah. Sie hat ein wunderbares Gespür, das könnt Ihr mir glauben. Ich sehe es ebenso an ihrem Blick. Ihr

Ausdruck ist voller Liebe, Hoffnung und Glaube. Ich würde ihr recht geben. Sie hat die Realität gespürt, wie ich sie jetzt spüre«.

Kapitel 19

Hermes hatte offensichtlich wieder Schmerzen, als er sich krümmte. Ich bemitleidete ihn und konnte das nicht länger mit ansehen. Er hatte große, furchtbare Schmerzen, dachte ich und streichelte ihm über den Bauch. »Es ist der Magen, Sarah. Er schmerzt. Ich glaube mittlerweile, Ihr habt recht. Kurt. Du musst die Gruppe verlassen. Es gibt hier keine Freunde für dich. Nicht mehr«.

Ich war froh darüber, dass Hermes das einsah. Der Wolf hatte eins und eins zusammengezählt.

»Mein lieber Wolf«, sagte Kurt stöhnend und krächzend. »Das habe ich nicht von dir erwartet. Du bist ein Rassist. Das ist es wer du bist«.

Das ist aber weit hergeholt, dachte ich. Dieser Kurt ist schon ein Vogel. Dass er in Boulevard wohnte, erstaunte mich. Es war zu hören, dass die Bewohner nur gute Bewohner in dieser Stadt aufnahmen. Wie hatte er es durch das Einwohnermeldeamt geschafft?

Waren die Beamten ihm auf den Leim gegangen?

Wer ihm nicht auf den Leim gegangen war, ist Hermes. Und wer bei ihm durchgefallen war, fand nur schwer den Weg in sein Herz zurück.

Ich hoffte inständig, ich würde Hermes niemals enttäuschen. Er hatte ein gutes Herz, welches verletzt werden kann. Und nach Verletzungen reagiert man schon mal pampig. Ich nahm es ihm nicht übel, dass er so war. Nur so konnten wir Kurt anprangern.

Hermes setzte sich auf und sah Kurt tief in seine Augen. Der wiederum meinte, er nähme es dem Wolf nicht übel, wolle aber nicht aus der Gruppe austreten.

Ich wusste in diesem Moment, er würde nicht klein beigeben. Er würde sich weiter bei uns einnisten.

Gideon trat vor Kurt und packte ihn am Handgelenk. »Freundchen. Du wirst uns jetzt verlassen. Sonst gibt es großen Ärger. Du hast uns doch verstanden?«

Kurt riss sich los und stolperte rückwärts über seine eigenen Füße. Dann fing er sich wieder und prustete los: »Ihr seid meine Familie. Ich habe niemand anderen mehr«.

Gerda runzelte die Stirn. Sie glaubte ihm, hatte Mitleid. Ihr Gesicht war sozial und ihr Ärger gering.

Und doch war sie standhaft und meinte frech: »Ich war so schüchtern mit dir. Jetzt sehe ich, wie klein du doch bist. Deine Zeit ist abgelaufen. Gehe deiner Wege und lasse uns in Ruhe«.

Immer mehr Mut machte sich in unserer Gruppe breit. Alle waren gegen Kurt und dieser gab nicht klein bei. Ich sah ihn flennen, Tränen und Rotz kullerten aus Augen und Nase. Er tat mir leid. Da verstand ich, was Gerda meinte. Sie konnte ihr Herz für ihn öffnen, aber nur für sein Leid.

Dass er niemanden hatte, der für ihn einstand, war bitter und böse. Aber er war selbst bitter und böse. Die Reaktion auf eine Katastrophe muss mild sein. Was anderes sehe ich nicht ein. Und Kurt hatte versagt, was dies anbetraf.

Er senkte sein Haupt und stotterte: »Ich habe euch gern. Dass Ihr mir nicht glaubt ist schlimm.

Und es tröstet mich keiner in dieser Welt. Ich dachte ich habe Freunde gefunden«.

Hermes sah sekündlich schon wieder besser aus. Er machte einen Schritt auf den weinerlichen Kurt zu und sagte: »Kurt. Wir dachten ebenso, wir hätten in dir einen Freund gefunden. Doch dein Verhalten ist asozial. Ich tröste dich, aber eine Freundschaft kann du nicht erwarten. Dazu warst du zu grob mit uns. Wer aber sein Herz für uns auftut, dem würde ich vergeben«.

Ich freute mich, dass Hermes erneut Herz und Verstand behielt und sowas sagte. Er war angenehm und gut. Kein Wolf, wie aus Rotkäppchen, sondern ein wunderbarer Held, der mit seiner Weisheit und der Demut eine Brillanz zeigte. Ich hingegen suchte eine solche Brillanz und Raffinesse. Immer und immer wieder tat ich das. Sollte es mir bald gelingen? Ich wäre froh über jeden weiteren Fortschritt.

Würde der nächste Augenblick in mir in eine Richtung gehen, die sozial oder brutal war? Hermes selbst war hier brutal vorgegangen. Mit Recht. Das nahm ich mir zu Herzen. Man gab und gab seinem Freund. Würde dieser versagen, dann wäre es aus. Käme er aber mit bitteren Tränen zurück, nähme man ihn erneut auf. Wie gestaltete sich die Geschichte um diese Gruppe? Würde Kurt Platz darin finden? Tränen und Rotz liefen. Gerda trat einen Schritt zurück und ließ Hermes näher an Kurt heranschreiten.

»Wenn du traurig bist mit dem Umstand keine Freunde und keine Familie zu haben, dann komme in meine Arme«.

Kurt bückte sich und umarmte den Wolf. Er hinterließ seine Tränen auf Hermes' Schulter. Mir kam eine Träne herunter gekullert. War das der Fortschritt bei mir? Hatte ich Empathie?

Ich vernahm, dass Kurt meine Tränen sah, und ich fühlte mich dabei schäbig. Würde er mein Mitleid ausnutzen? War ich ihm hilflos ausgeliefert? Was konnte schon großartig passieren, dachte ich sodann. Dieser Mann ist nur ein Mensch. Er verhält sich gefühlvoll und leidenschaftlich. Das konnte ich ihm nicht vorwerfen. Wer sein Herz für die Leidenschaft öffnet, kann so schlimm nicht sein. Wenn er uns aber das Rumpelstilzchen macht? Das wäre grausam für mich. Wieder kam dieser Zweifel in mir auf. Ich sah in die Runde, um Verbündete zu finden.

Alle glaubten ihm die Tränen. Hermes war der Erste, der ihm vergab. Doch würde er ihn in der Gruppe belassen? Jetzt, da er reumütig war? Ich vermutete, Kurt spiele das Spiel gut. Ich wollte mich überzeugt wissen.

»Sag mir noch, Kurt«, fragte ich ihn. »Findest du die Sonne schöner oder den Sturm?«

»Klar«, sagte er. »Gewiss ist der Sturm spannender«.

Da tappte er mir doch regelrecht in die Falle. Den Sturm konnte nur ein Wutbürger gut finden.

»Weißt du, Kurt. Das ist die falsche Antwort«.

Kurt konterte: »Wer will keinen Nervenkitzel? Ihr alle wollt das doch«.

Hermes gab zu verstehen, dass keiner unter uns das wolle. Ein behutsamer, angenehmer Bürger sei mehr wert. Der Wolf sah sich selbst als behutsam und ich konnte ihm das attestieren. »Die Lage für dich ist heikel, lieber Kurt. Stehst du jetzt auf unserer Seite oder auf der des Teufels?«

Dass Hermes hier den Teufel ansprach, schien mir weit hergeholt. Möglich ist es, dass er recht hatte. Kurt setzte sich niedergeschlagen auf den Waldboden, der mit Moos bedeckt war. Dann senkte er den Kopf und gestand uns etwas: »Ihr habt recht. Ich spiele hier mit euch. Und ich sollte die Gruppe verlassen«.

Ich spürte, dass er unsere Absolution wollte. In Wirklichkeit wollte er uns keinesfalls verlassen. Hatte er doch das Ziel auf dem Schirm: In der Gemeinschaft verbleiben. Er trickste uns so aus. Und Hermes fiel darauf herein.

Der Wolf hob den Kopf und meinte: »Du sagst die Wahrheit. Das rechne ich dir hoch an. Dafür vergebe ich dir. Bleibe bei uns solange du willst«.

War es jetzt Hermes, der mit Kurt spielte? War nicht seine Art, doch ich fühlte es deutlich. Unser Wolf war gerissen wie ein Fuchs.

Ich sagte nicht minder schlau: »Hermes hat absolut recht. Deine Ehrlichkeit halte ich in Ehren. Vergebung aber findest du bei mir nicht. Zu gerissen scheinst du zu sein. Wer weiß.

Schon in einer Stunde könntest du durchdrehen und uns alle massakrieren«.

Kurt antwortete: »Es steht dir nicht zu, so über mich zu verfügen. Bist du besser als ich? Hast du überhaupt schon das achtzehnte Lebensjahr vollendet? Grün bist du hinter den Ohren. Und ich weiß wovon ich spreche«.

Hatte er bedeutend mehr Lebenserfahrung denn ich? Ich war erst sechzehn, doch nicht doof. Er täuschte mich, wollte ablenken und mich schlecht dastehen lassen. Das konnte ich nicht auf mir sitzen lassen.

Ich kam bis auf dreißig Zentimeter an ihn heran und beäugte sein schräges Gesicht. Sah ich seine Wahrheit? War er echt genug? Oder hatte er dieses Spiel von langer Hand geplant, nachdem wir ihn in Boulevard zurückließen? Wer will es uns übelnehmen? Ein jeder hätte so gehandelt. Kurt war ein Schrecken für alle Bewohner Boulevards und für alle in dieser Gemeinschaft. Zuerst hatten wir den Schrecken, dann das Mitleid. Jetzt liegt hier eine Sache an, die undurchsichtig ist.

Kurt fühlte sich auf den Schlips getreten. So nah stand ich vor ihm. Er drückte mich behutsam mit den Händen etwas zurück. Privatsphäre war zu beachten. Mir ginge es nicht anders. Hätte Kurt mich so angegangen, wie ich ihn jetzt, wäre ich ausgeflippt.

Gideon rückte an uns heran. Stellte sich zwischen uns und sagte brüsk: »Wenn Ihr streiten wollt, dann in einem anderen Ton. Eure Worte sind schlecht gewählt«.

Der Ton war falsch und die Worte ebenso. So deutete ich Gideon. Und er war gar nicht übel. Er selbst hatte einen feinen Ton und bessere Worte. Ich musste ihn mir zum Vorbild nehmen.

Hermes war zwar ein großes Vorbild, dennoch musste ich ebenso nach links und rechts schauen. Auch Gideon beäugen. Ausschau halten nach dem Guten im Leben. Wer gute Worte wählt, den erkenne ich seitdem. Wer fein und brillant ist ebenso.

Kapitel 20

Wir schritten großen Mutes weiter durch den aufgeforsteten Wald. Es ist dieser furchtbare Kerl gewesen, der uns eben noch aufgehalten hatte. Doch jetzt war er tot. Ich rief mir immer wieder ins Bewusstsein, dass es Kurt Hafer war, der uns aus der Patsche geholfen hatte. Kurt ging neben mir, vor uns flog Viodora. Wer weiß, was dieser Wald weiteres Schlimmes zu bieten hatte.

Die andern folgten uns auf Schritt und Tritt. Und Hermes konnte das Tempo einhalten. Es ging ihm besser und ich war froh, meinen alten Kumpel wieder gesund zu sehen. Er sah sich um, akribisch und vorsichtig. Wen suchte er? Vor wem fürchtete er sich? Oder war er sensibler geworden? Doch weshalb?

Hatte die Vergiftung ihn wieder milder werden lassen? Hatte er überhaupt die Kraft, Kurt anzugehen, wenn er es wollte? Auch wenn nur mit Worten? Er musste ja nicht zuschlagen, das würde Damir erledigen, dachte ich. Der Bär war groß und kräftig genug, Herrn Hafer die

Grenzen zu zeigen. Ich konnte es nicht. Als Frau schon gar nicht.

Ich überholte Viodora und sah nur Bäume vor mir. Hatte ich das Gespür erlangt, was vor uns lag? Ich versuchte, es zu fühlen.

»So geht das nicht«, sagte Hermes zu mir. »Wenn du so stur vorneweg gehst, erreichst du wenig. Sieh wie es Viodora macht. Sie flattert umher und greift Gefühle und Gedanken aus dem Wald auf. Wenn jemand in der Umgebung etwas denkt, dann weiß es der Schmetterling. So ist er eben«.

Ich konnte das nicht glauben. Viodora konnte die Umgebung in sich aufsaugen? Sie wusste was vor, was hinter und was inmitten von uns geschah? Ich lernte jetzt, dass sie es kann. Aber würde ich es ebenso tun?

Ich lockerte mich.

»So ist es gut. Jetzt nimm es auf. Achte auf alles in der Umgebung, manches kannst du spüren ohne es zu sehen. So mache ich es«, sagte Viodora.

Ich machte mich frei von Grübeleien. Jetzt war es an der Zeit zu spüren. Ich ließ es in meinem Kopf geschehen und es half.

»Gideon ist verliebt in mich«, behauptete ich brüsk. »Du musst mir das nicht mal gestehen. Ich weiß es bereits«.

Hermes schmunzelte und Gideon errötete. Mein Schwarm sagte: »Hm. Du könntest sogar recht haben, Sarah. Ich stehe voll auf dich«.

»Du scherzt, oder?«, fragte ich.

Gideon sprach: »Du sagst doch, dass du es spürst. Was soll ich da sagen? Es ist die Wahrheit. Ich bin in dich verschossen. Aber verlange nicht zu viel von mir. Eine Beziehung braucht seine Zeit«.

Ich machte mich damit vertraut, dass ich ab sofort vergeben war. Und hoffte, Gideon meinte ernsthaft, was er da sagte.

Er lief jetzt neben mir her und Kurt fiel zurück zu den anderen. Sogleich packte mich Gideon an der Hand und drückte sanft zu. »Ich wusste es von vorneherein«, sagte er. »Wir sind gut füreinander. Du tust mir gut. Und ich hoffe, dir geht es ebenfalls so«.

Jetzt war ich es, die errötete. Ich drückte zaghaft seine linke Hand und sagte: »Was liegt noch vor uns?«

Gideon: »Meinst du den Wald oder unsere Beziehung?«

Ich meinte beides und das ließ ich ihn spüren, indem ich ihn am Hintern kniff. »Okay«, sagte er. »Es liegt nur noch Gutes vor uns, meine liebe Sarah. Wir haben die erste Phase ausgeführt.«

»Du nennst es eine Phase?«, fragte ich.

Hermes meinte, ja es gäbe Phasen im Leben und in einer Beziehung. Das wäre voll normal. Er drückte sich da grob aus, hatte dennoch recht. Seine Stirn war glatt. Das sagte mir, er dachte nicht nach. Es musste demnach die Wahrheit sein. Wenn sie denn so pur und schnell aufkam.

Ich hatte eine Aussicht, und die war nicht nur die Beziehung zu Gideon. Es hatte sich etwas Sonderbares in meine Gefühlswelt geschlichen. Was war es? Es war schon mal gut, dass ich überhaupt etwas aufschnappte. War ein Freund oder ein Feind vor uns, auf dem Weg?

Es raschelte in einem großen Busch voraus. Hermes trat vor uns, um seine Stärke zu demonstrieren. Er würde uns behüten, sollte jemand auftauchen. Eigentlich hatten wir keine Feinde mehr, selbst Kurt hatte sich ausgesprochen und war demütig. So sah ich es. War es denn so? Auch wenn wir keine Gegner hatten, so war es möglich, dass wilde Tiere uns aufsuchten. Ein schrecklicher Wolf kann schon mal ausbrechen und zubeißen.

Vor mir raschelte es in einem Busch, Hermes trat voran, um mich zu beschützen, sollte dies notwendig sein. Damit demonstrierte er Kraft. Ich glaubte, wir hätten keine Feinde mehr, selbst Kurt schien zart geworden zu sein. Aber wenn ein wildes Tier hier aufschlagen sollte?

Ich wollte nicht daran denken, musste über Gideon träumen, der direkt neben mir lief. Er war die Ablenkung vom Bösen. Und ich wusste, es würde bald kommen. Ich spürte, es liegt nicht weit dieses Waldgebietes.

Ich sprach: »Sollten wir nicht die Richtung wechseln? Viodora, was sagst du dazu?« Ich wusste, sie war der Angelpunkt für das Gespür. Deshalb fragte ich weiter: »Kannst du versichern, dass wir hier gut vorankommen? Haben wir keine Hindernisse, die direkt vor uns lauern? Ich meine ja nur. Hab eben ein Gespür entwickelt«.

Viodora flog über Gideon und mir.

»Es ist gut, dass du dein Gespür gefunden hast. Und es scheint wahrhaftig zu sein. Du hast recht. Wir sollten die Richtung wechseln«.

Gott sei Dank, dachte ich und schmunzelte. Ich sah die Wahrheit. Dies war ein weiterer Schritt, mich selbst zu finden. Es war eine Offenbarung. Ich spürte Gefahr vor uns. Und Viodora hatte es bestätigt.

Kurt lief direkt hinter mir. Mit lauten Schritten und nervös. Was hatte er schon wieder ausgefressen? Er musste erneut etwas gestehen. Ich wartete geduldig auf eine Ansprache von Herrn Hafer. Er riss sich einen Moment zusammen und blieb still. Besser wäre es gewesen, er hätte sein Herz weit aufgemacht und gestanden. So aber blieb sein Geheimnis in der Luft, wie das des Fremden vor uns.

Viodora änderte die Richtung und wir folgten ihr. Doch mein Gefühl war da. Es musste ein

Monster sein, groß und mächtig stellte ich es mir vor. War meine Vorstellung der Realität nahe?

Obwohl wir die Richtung geändert hatten, spürte ich eine Gewalt in unserer Nähe. Jetzt hinter uns. Wir wurden verfolgt. Nicht schon wieder so ein fremder Mensch, der uns auflauert. Der uns ein Messer an die Kehle hält und einen nach dem anderen aufschlitzt. Wir waren verletzt genug. Welch grauenhafte Vision ich doch hatte.

»Wir sollten schneller gehen. Ich fürchte mich, Viodora«, sagte ich laut.

Der Schmetterling sagte: »Es ist eine gute Strecke hinter uns. Und doch sollten wir uns beeilen. Es könnte schlimm enden. Für uns alle«.

Gideon war verwundert und ließ von meiner Hand ab. Ich erschrak daraufhin, weil er mich losließ. Er musste denken, die Sache sei schlimm genug und eine Romanze fehl am Platz. Ich würde es verstehen, dächte er so.

»Es tut mir leid, Sarah. Ich muss mich jetzt auf den Angreifer konzentrieren. Du verstehst das doch? Jeden Moment kann ein Monster aus den Büschen springen. Und ich sehe dich lieber in Sicherheit«.

Er hatte ein Gefühl der Stärke. Er würde mich beschützen, das war mir klar. Und er würde jeden dieser Gruppe beschützen. Selbst Kurt, der still war.

Ich schmiegte meinen Kopf an Gideons linke Schulter. Er sollte sehen, dass ich auf ihn baue. Er streckte seine Brust und ich spürte, dass er selbstsicherer wurde. Die Körperhaltung macht schon was aus. Und meine war grauenhaft.

War es zu spät, um das von Gideon zu lernen? Um Selbstbewusstsein zu erlangen? Nein, ich würde das schaffen. Und so streckte ich ebenso meine Brust hervor und sagte: »Niemand wird uns zerfleischen oder trennen. Wir sind eingeschworen. Eine Gruppe mit den besten Leuten. Was sagst du dazu, Kurt?«

Kurt stellte sich vor die Gruppe. Wir blieben stehen und hörten ihm zu.

»Dies ist de facto eine gute Gruppe. Ich würde alles dafür geben alle sicher zu wissen. Ihr seid mir ans Herz gewachsen, ein jeder von euch Rabauken«.

Seine Wortwahl ließ meiner Meinung nach zu wünschen übrig. Immer wieder kamen diese Ausbrüche. Es war gut, dass ich nachgefragt hatte. So sahen wir, dass Kurt nicht aus dem Schneider war, nur weil er sich reumütig zeigte.

Ich verbeugte mich vor ihm und sagte ironisch: »Der König möge voranschreiten. Wir folgen Ihnen, werter König von Boulevard. Ihre Zeit ist gekommen, Ihr Königreich steht hinter Ihnen. Was sagen Sie? Führen Sie uns an? Auf eine Weise, die fein und gerecht ist?«

ANGREIFER

Kapitel 21

Ich hatte Kurt doof dastehen lassen. Verdient hatte er es. Und er musste das wissen. Wenn er es denn nicht spürte. Er musste meine Worte hören, wenn er mich schon nicht fühlte.

Ironie kam jetzt passend. Hatte er es verstanden? Ob man es Worte oder Gefühl nennt, war da egal. Hauptsache war, dass er es versteht.

Kurt Hafer runzelte die Stirn. »Ich höre etwas, meine Lieben. Es ist etwas Grausames. Es ruft mit grober Kehle zu uns herüber. Hört es jemand von euch, oder bin ich er Einzige, der hier überhaupt etwas versteht?«

Er wurde mir regelrecht zu frech. Dieser Kurt Hafer. Stellte er sich doch über uns, offensichtlich. Ich verstand immer mehr von Anstand, seit ich Hermes kannte. Und Herr Hafer hatte keinen. Ich begriff ebenso, dass es Mut kostete, für ihn zu sein, wenn alle anderen dagegen waren. Und so verstand ich die andere Seite: Viodora. Die stets mutig und stramm für Kurt einsprang. Sie würde ihn ins Paradies führen, wenn er denn so weit wäre. Ich hingegen sah ihn lieber in der Hölle.

Es war gut, dass ich ihn zurechtwies, mit einem verstohlenen Blick und in einer Tonart, die für ein Mädchen tief war. »Kurt. Was ich damit sagen will ist, du solltest dich schämen, so herablassend zu sein. Wir sind größer als du, verstehst du jetzt?«

Er verstand es nicht, denn er hob sein Kinn und sah sich als eine Art Napoleon, dem alle untertan sein müssen.

»Weshalb rügst du den König?«, fragte er mich. »Habe ich keine Macht über euch?«

»Du glaubst du hast Macht über uns?«, warf Gideon ein. »Würde hier ein Regenwurm auftauchen, wärst du über alle Berge. Sag nicht, du würdest dich für uns opfern. Zugleich siehst du dich als König über uns«.

Er sprach: »Ist nicht Jesus ein König, der sich für alle Menschen geopfert hatte? Er ist mein Vorbild. Er ist mein Richter, und er ist milder als Ihr es seid«.

Ich musste schmunzeln. Jesus Christus. Hatte er diesen Namen benutzt? Ein wenig wusste ich von diesem Herrn. Sah sich Kurt als

Messias? Als Held, der zwar über allen steht, sich aber erniedrigt vor dem Feind. Das schien mir abstrus. Und dennoch wollte ich wissen, wie weit er gehen würde.

»Siehst du dich hier als Gott?«, fragte Hermes. Ich wusste nicht, wie bewandt der Wolf in Religion war. Doch mit diesen Worten zeigte er, dass er Jesus als Gott sieht. Ich kannte wenig von Jesus, wäre jetzt eine Bibel zur Verfügung, würde ich darin blättern. Würde nicht die ganze Bibel lesen, aber die richtige Stelle zur rechten Zeit war mein Ziel.

»Sag mir, Kurt. Du hast nicht zufällig eine Bibel in deinem Rucksack?«

Kurt sah erstaunt zu mir und meinte: »Ein guter Christ wie ich, hat seine Heilige Schrift dabei. Heute muss ich dich enttäuschen. Ich habe keine hier«.

Hermes meinte, Kurt wäre nicht halb so fromm, wie er hier tue. Was wiederum Kurt verärgerte.

Dieser Herr Hafer hatte Nerven. Was ärgerte es ihn, wenn wir die Wahrheit sprachen? Hermes hatte ihm diese kundgetan. Er sei kein Heiliger, aber Kurt genauso nicht. Kurt machte eine Schnute mit seinem Mund. Dann wandte er uns den Rücken zu und lief weiter.

Nach wenigen Schritten sah er zurück. Wir standen da, wie bestellt und nicht abgeholt. Keiner machte einen Schritt, obwohl wir bald in Gefahr sein würden. Das Monster war uns hinterher, und Kurt lief vorneweg. Es war doch möglich, dass er uns direkt in die Hände dieses Ungetüms brachte.

»Gideon«, rief ich. »Gehst du bitte voran. Dann wäre ich beruhigter. Tust du mir den Gefallen? Wo du mich doch beschützen möchtest«.

»Aber klar, Süße«.

Jetzt nannte er mich Süße, was mir nicht gefiel. War er etwa ein Rapper, oder was?

»Hör mal, Gideon. Gehst du bitte nur voraus. Du musst keinen solchen Kommentar abgeben. Bin ich etwa deine Gangsterbraut? Ich bin kräftig genug, um mich nicht unterbuttern zu lassen. Das »Süße« muss nicht sein, wenn du mich jetzt verstehst?«

Gideon sackte kurzerhand in sich zusammen, dann plötzlich, erhob sich seine Brust und er lief vorneweg. Ich hatte ihn gedemütigt, aber jetzt war er gestärkt. Er hatte ein gutes Herz. Ein solches, welches Demut und Kraft hat.

Gerda murmelte etwas, was ich nicht verstand. Sie mochte Gideon, hatte ihn gelobt, stellte ich mir vor. Dann verstand ich nur zu gut, was sie wollte. Doch Gideon war etwas zu jung für sie, was sie nicht davon abbringen sollte, eine Offerte zu tun.

Sie sprach: »Mein Gideon ist der Größte unter uns. Ich würde ihn zum Frühstück verputzen«.

Ich war geschockt. Musste kontern. Was könnte ich jetzt sagen, um sie einerseits von ihm abzuhalten, andererseits nicht zu frech zu sein? Ich musste auf jeden Fall auf Gideon bauen. Er würde das regeln.

Als mein Schwarm drei Sekunden verstreichen ließ, meinte ich: »Gideon ist leichte Beute für dich, Gerda. Du hast einen kräftigen Mann verdient und nicht so einen Lappen. Tut mir leid, Gideon. Die Wahrheit kommt immer ans Licht. Früher oder später«.

Gerda wurde aufbrausend. Sie gab nicht auf und kam nahe an mich heran. Dann spuckte sie mich an. Was war in sie gefahren? War sie dermaßen unglücklich, keinen Mann zu haben? So sah es aus.

Gideon hielt mich zurück, denn ich wollte ihr eine verpassen. Dann machte er Gerda eine Ansage: »Du könntest meine Mutter sein. Und ich bin mit Sarah zusammen«.

Er musste mich nicht zurückhalten, denn ich war zufrieden. Er war doch stabil im Gemüt und hielt zu mir.

»Gott sei Dank. Ich dachte schon du sagst gar nichts mehr«, sagte ich.

Gideon schmunzelte verlegen. So habe ich ihn nicht gekannt. Er legte Gerda seine Hand auf ihre Schulter. »Tut mir leid, Gerda. Ich sehe deinen Mut und er imponiert mir. Doch zusammen sein, das können wir nicht. Zudem dachte ich du seist schüchtern mit Männern«.

Gerda nahm seine Hand von ihrer Schulter und sagte: »Schade ist es ja. Zu dumm aber, dass Ihr zusammen seid, du und Sarah. Hätte ich ohne sie eine Chance?«

Gideon sah verwirrt drein. Er dachte das Gleiche wie ich. Wollte Gerda mich aus dem Weg räumen, um freie Bahn zu haben? Ihr Charakter wurde immer frivoler. Verrückt, dachte ich.

Gerda hatte sich verändert. Sie flirtete mit meinem Freund. Ohne Hemmungen und ohne Zweifel daran, dass sie eine Chance hätte. Das hatte sie nicht, das wusste ich. Gideons Gesicht und seine Augen sagten das gleiche.

»Gehen wir jetzt weiter oder nicht?«, fragte Hermes. Nervosität machte sich in ihm breit. Er musste spüren, dass das Monster näherkam. Ich spürte es ebenso. Ich nahm meinen Blick von Gerda und Gideon und stapfte weiter durch die Büsche. Die anderen sahen es und kamen prompt hinterher. Gerda war die Letzte in dieser Reihe und mein Gideon war nur knapp vor ihr unterwegs.

Hermes sagte: »Gut, dass es weiter geht. Sind alle gesund? Oder haben wir Probleme?«

Wir hatten keine Probleme, jetzt da es weiterging. Ich spürte Gideons Nähe, obwohl er einige Meter hinter mir lief. Weshalb ging er direkt vor Gerda? Was hatte das auf sich? Hatte er Mühe, ihr zu entkommen?

War es Zufall? Aber daran glaubte ich nicht mehr. Alles hat seine Bedeutung und unsere Gefühle mischen da groß mit. Wenn alle fühlen, dann geht es menschlich zu. Haben wir einen Sturbock, kommt Ärger auf. Gut, dass wir alle fühlten, so blieb uns vieles erspart.

Gerda machte Anstalten, stur zu werden. Was für ein Irrsinn. Das konnten wir nicht gebrauchen. Da könnte schon Gewalt auftreten, in dieser Gruppe. Wenn ich mir einige so anschaue, ist das möglich.

Ich war wütend und schnaufte wie ein Stier. Hermes schmiegte sich beim Laufen an mich, was mich beruhigte. »Gott sei Dank«, flüsterte ich. »Hermes steht auf meiner Seite«.

Damir, der Bär, sah die Verderbnis um Gerda und Gideon. Er ließ sich fallen und tauchte vor Gideon und Gerda auf. Er griff in die Erde am Boden und schmiss diese rücklings auf Gideon, direkt in dessen Gesicht. Gideon war erstaunt. »Was zum Teufel ist hier los?«, fragte er. »Kriegst nur was du verdienst«, sagte der Bär und tat das Gleiche wieder. Brocken

Erde flogen durch die Luft direkt in Gideons Gesicht. Zielen konnte der Bär gut. Ich war froh, dass jemand für unsere Beziehung einstand.

Gideon ließ den Kopf hängen, dann stierte er nach vorne, zu mir. Und ich erkannte, dass er Interesse an mir hatte. Ich ließ mich fallen und tauchte vor ihm auf. Er nahm meine Hand, drückte sie und wir liefen weiter in dieser Gruppe.

Hermes kommentierte unsere Beziehung, als er sagte:

»Die wahre Liebe vertraut einander. Wo ist das bei euch? Gar nicht. Und die echte Liebe spielt keine Spielchen. Nicht wahr, Gideon? Du hast mit den Gefühlen von Sarah gespielt, aber Ihr solltet euch vergeben, denn die Liebe verzeiht Fehler«.

»Welch weise und gute Worte«, sagte Viodora. »Ihr solltet euch eine Scheibe von Hermes abschneiden. Er ist hier die moralische Instanz. Er gibt euch Ratschläge, obgleich er das nicht tun müsste. Er hat euch gern, deshalb tut er das«.

Viodora flog wieder voraus und gab uns Sicherheit. Sie war ebenso eine Instanz unter uns. Fröhlich umspielte sie Hermes Kopf, setzte sich dann darauf und lachte laut. Hermes schmunzelte über die Liebe in dieser Gruppe. Ich bestätigte das laut und deutlich: »Die Liebe ist das Größte unter uns. Bei Gideon und mir ist es die romantische Liebe. Aber es ist ebenso die familiäre Liebe zwischen uns allen«.

Gideon sagte: »Dass der Wolf für uns da ist, schmeichelt mir. Er ist nüchtern und angenehm. Ich sehe das deutlich in seinen Augen und in seiner Art zu gehen. Die Liebe aber überstrahlt sein Wesen und das finde ich toll. Wer Liebe hat wie der Wolf, ist mir ein Freund. Sarah. Ich weiß, du schaust dir einiges von ihm ab. Ich möchte ebenso eine Frau und Kinder wie du. Das willst du doch, oder?«

Ich war gefangen in einer Antwort, die ich peu a peu an Gideon abgeben wollte. Hermes wusste schon, dass ich einen Mann und Kinder haben wollte. Gideon sollte ein wenig auf meine Einlassung warten. Dann aber erinnerte ich mich an Hermes` Worte: Wir sollen einander vertrauen, was bedeutet, dass wir ehrlich sein sollen. Und das wäre ich so nicht. Und so kam eine bessere Antwort von mir: »Ja,

Gideon. Einige hier wissen, dass ich eine Familie gründen möchte. Jetzt weißt du es. Wenn du vernünftig bist, plane ich dich ein. Was sagst du dazu?«

Gideon strahlte über die Backen, drückte zart meine Hand. Er hatte verstanden, was ich wollte. Und er sah, er müsste sich anstrengen. Nichts ist umsonst im Leben. Er solle unsere Beziehung nicht aufs Spiel setzen, sagte ich. Er grinste, dann aber verstummte sein Gesicht.

Hermes sagte dazu: »Keine Angst, Gideon. Wer Angst hat, der ist nicht er selbst. Du sollest dich mit Sarah ehrlich verhalten. Sie wie du bist. Nehme dich nicht zurück«.

»Du meinst wir sollten uns so besser kennenlernen?«, fragte ich ihn. »Jeder gibt sich authentisch. Ist wie er ist. Zeigt sein wahres Gesicht, damit man weiß woran man dran ist?«

»Genau so«. Diese beiden Worte spürte ich in meinem Kopf. Sie kamen von Hermes, still und leise.

»Hermes?«, fragte ich den Wolf. »Ich spüre deine Gedanken«.

»Klar, kann man das. Weißt du das denn nicht? Es ist eine menschliche Sache, die wir als

Tiere übernommen haben. Du weißt doch, dass ich deine Gedanken lese«.

»Aber ich wusste nicht, wie sich das anfühlt. Ich bin überrascht davon. Ich spüre es im Kopf, aber ebenso im ganzen Körper. Die Seele aber steckt im ganzen Körper. So geschieht dies sicherlich mit der Seele. Das mit dem Gedankenfühlen. Gebt Ihr mir recht, meine Lieben?«

Gideon sah erstaunt aus. »Es kommt aus der Seele, Sarah? Ich dachte es ist ein Gefühl aus dem Verstand heraus«.

Hermes: »Manche glauben, dass Gefühle mit dem Gehirn transportiert werden. Andere schieben sie der Seele zu. Wenn Ihr mich fragt, ist es dasselbe«.

Ich wollte mich damit nicht zufriedengeben und sagte:

»Wie können der Verstand und die Seele das Gleiche sein? Wie können Gefühle im Gehirn und in der Seele stattfinden?«

Hermes konterte: »Die Seele steckt ebenso im Gehirn wie im ganzen Körper, meine Liebe. Es scheint dir dabei kein Licht aufzugehen.

Glaube mir, wenn ich es dir vernünftig sage: Beides spielt hier eine große Rolle«.

Ich zuckte mit den Augenbrauen. War ein wenig verstört. Kein Problem, dachte ich mir. Das werde ich schon bald begreifen. Ist doch kein Lateinkurs. Nur eine Kleinigkeit.

Hermes sah mir tief ins Gesicht. Und ich fragte ihn, was er wolle.

»Ist nur die Neugier, Sarah. Ich kann Gedankenlesen und bin an vielem interessiert, an allem, was Mensch und Tier betrifft. Ein gewisses Maß an Aufmerksamkeit sollte da sein, in jedem von uns. Wenn du dich für jeden hier interessierst, dann lernst du uns schneller kennen. Das ist ein Vorteil, wenn du mich fragst«.

Ich war erfreut darüber, wie klar und präzise Hermes hier sprach. Er schlug den Nagel auf den Kopf. So verstand ich ihn wunderbar. Diese Worte waren toll.

Ich gab mich hochzufrieden und schlenderte genüsslich durch den Wald. Es war Mittag und ich wusste, alle waren hungrig. Wir hatten nichts mehr zu essen gehabt seit heute Morgen.

Die Liebe zu Gideon versüßte mir den Hunger. Dieser war dadurch kein Problem für mich.

Gideon knurrte der Magen und Gerda hielt sich die Hand über den Bauch. Zeichen von Hunger, dachte ich. Wusste ich.

Kapitel 22

Aber wir hatten Besseres zu tun, als zu essen. Wir mussten dem Angreifer davonkommen. War es ein Monster, und wenn ja, wie sah es aus?

Ich stellte ihn mir vor. Er hatte einen Pelz um und scharfe Zähne, die tief in mich hineinbeißen würden. Was für ein Schrecken, dachte ich. Ich musste entspannen, denn meine Hand lag steif und fest in der von Gideon. Sie musste entspannen, und so lockerte ich Hand, Schultern und Nacken. Denn Kopfschmerzen konnte ich nicht gebrauchen.

Gideon schmunzelte, als er sah, wie ich die Schultern entspannte. »So ist es gut, meine Liebe«, sagte er gelassen. »Wenn denn ein Monster hinter uns her ist, so dürfen wir doch entspannt sein. Wir können nichts daran ändern. Was wir tun können ist locker zu bleiben«.

Ich mochte Gideons Art in diesen Minuten. Zuerst war er mutig, jetzt kam eine Gelassenheit hinzu. Ich mochte ihn, doch würde er mir vertrauen? Und würde ich keine Fehler machen, die er mir vergeben müsste? Die

Worte von Hermes saßen frisch in meinem Kopf. Es ist Gideon gewesen, der mit Gerda sympathisierte. Es war nicht meine Schuld.

Und doch hatte er daraus gelernt, als der Bär ihn zurechtgewiesen hatte. Damir war ein Held für mich. Ohne sein Handeln, hätte Gideon mit Gerda angebändelt. Wo sie doch zu alt für ihn war.

Ich hatte das Bild des Monsters vor mir und es schwindelte mir. »Wartet«, sagte Hermes und blieb als Erster stehen. »Sarah geht es miserabel. Seht nur wie schwindelig ihr ist. Kurt. Hast du Wasser in deiner Tasche?«

Ja, er hatte welches und übergab es mir freundlicherweise. Ich drehte den Verschluss der Plastikflasche auf und trank zwei große Schlucke. »Es muss schon wieder gehen«, sagte ich.

»Es muss gar nichts«, entgegnete Hermes. Er machte sich Sorgen um mich, was mir seine Freundschaft zeigte. Dann meinte er, wir sollten eine Minute Pause machen und ich möge mich dazu auf den Boden setzen.

Als ich saß, winkelte ich meine Beine an und umarmte diese. So als friere ich. Mein ganzer

Körper schüttelte sich, der Herbst ließ die Wärme vermissen. Und der Schreck über das Schwindelgefühl machte es nicht leichter.

Hermes: »Du nimmst keine Medikamente, Sarah?«

Ich schüttelte den Kopf. Für Arznei war ich zu jung.

Hermes ließ nicht locker: »Irgendwelche Drogen im Spiel? Ich möchte dir nichts vorwerfen, aber ... »

»Nee, Hermes. So einen Scheiß mache ich nicht. Mit vierzehn Mal probiert, einen Zug gepafft, dann aber schnell wieder damit aufgehört«.

»Gott sei Dank«, sagte Hermes. »Danke dass du es probiert, dann aber sein lassen hast. So sammelt man Erfahrung«.

»Erfahrung habe ich zu wenig. Ich war zwar frech unterwegs, aber vorsichtig genug, damit mir nicht Schlimmes passiert ist. Das möge sich einander ausschließen, aber so ist es eben bei mir. Ich bin mutig gewesen im Umgang mit anderen Kindern. Habe aber auf mich aufgepasst. Man hat ja nur ein Leben, aber es soll ein Langes sein, nicht wahr Hermes? Gibst du auf dich acht? Oder bist du ein regelrechter Wolf, der sein Leben nutzt?«

Ich wusste, dass Hermes darüber nachdenken musste. Was er auch tat.

Dann grinste er in die Runde, setzte sich zu mir herunter und sprach: »Ich habe mein Leben ausgekostet. Was nicht heißt, dass ich leichtsinnig gewesen bin. Bin als Mensch früher Motorrad gefahren und habe geraucht. Was ich dir nicht raten würde. Wenn du deine eigenen Erfahrungen sammeln möchtest, dann nur zu. Die Tage vergehen schnell und die Lebenszeit verstreicht«.

Ich hatte eine Art Vater in ihm gesehen. Was er dann sagte, war dennoch verwunderlich.

»Es ist an der Zeit dir etwas zu beichten, meine Sarah. Ich kann mich gut an meine Jahrzehnte als Mensch erinnern. Ich gestehe dir jetzt: Ich bin dein Großvater. Ich habe auf den Zeitpunkt gewartet es dir zu sagen«.

Ich fragte nach, ob das die Wahrheit sei. Er bejahte fest und ohne Zweifel.

Was meine Mutter getan habe, war ihm eine Verderbnis. Er habe schwer daran zu kauen, dass seine Tochter mich ausgesetzt habe.

»Du warst so klein. Ich selbst hatte schon den Krebs und konnte dich nicht aufnehmen. Ich hoffte schwer, es möge dir gut gehen in diesem Heim. Dich hier im Wald zu finden war mir ein großes Vergnügen. Ich hatte dich gleich erkannt – ich bekam immer Fotos von dir aus dem Heim zugeschickt - und habe dich liebgewonnen«.

»Du bist mein Opa? Das heißt, ich habe eine Familie? All meine Wünsche werden wahr?«

»Sie sind schon wahr. Du hast mich und die anderen. Und du bist selbst ein wunderbarer Mensch geworden«.

»Das habe ich dir zu verdanken, Opa. Du hast mich geleitet. Warum fühlt sich das hier wie ein Abschied an?«

Hermes meinte, er hoffe das nicht. Zu arg liebe er mich, als dass ich erneut aus seinem Leben trete.

Ich war erleichtert, dass er mir dieses Gefühl des Abschieds wegnahm. Mit Worten von Liebe. Ja, er liebte mich und würde es immer tun. Er ist mein Großvater und ich liebe ihn.

Ich grübelte ein wenig, nur für einen Moment. Den nutzte Kurt, um eine Aussage zu treffen: »Schön und gut. Ich kann es nicht fassen, dass der Wolf einmal ein Mensch gewesen ist. Dann eben ist er der Großvater der Kleinen hier«.

»Manche Dinge sind wahr. Ob man sie glaubt oder nicht«, sagte Hermes. »Ja, ich kann mich gut an das vergangene Leben erinnern. Habe nicht mein Gedächtnis abgeben müssen, als ich erneut auf die Erde kam. Ist keiner unter euch, der sich an früher erinnert?«

Keiner meldete sich. Selbst der Schmetterling nicht. Wo ich mir gut vorstellen könnte, dass er früher schon einmal auf der Erde lebte. So intelligent er doch war. Möglich ist es, dass er ein Mensch war, wie Hermes. Beide sind sozial eingestellt. Was typisch Mensch ist. Tiere haben eben etwas Wildes an sich.

Ich war mir sicher, dass ich das erste Mal auf der Erde bin. Keine Erinnerung an früher, vor meiner Geburt. Und so schließt sich der Kreis.

Kapitel 23

Ich fragte mich, wo das Monster abblieb. Ich hatte jetzt ein Hochgefühl. Denn ich wusste, ich habe eine Familie in Hermes. Er war mir immer nah, jetzt mehr als zuvor. Und Viodora konnte ich mir als Schwester vorstellen. Sie ist zaghaft und sensibel. Hat ein Gefühl wie kein anderer unter uns. Und sie spürt die Gefahr, die auf uns lauerte. Eine Gefahr war es, die uns verfolgte. Ich hoffte, dieses Monster habe keine spitzen Klauen oder sie sei anders bewaffnet. Das spielte eine große Rolle. Waren unsere Leben in Gefahr? Oder übertrieb mein Gefühl. War es eine Bagatelle?

»Jetzt hört mal zu«, sprach Gerda. »Dass Sarah ihren Großvater wieder hat, ist fantastisch. Ich wünschte mir, ein jeder habe Familie, Leute die einen lieben«.

Dank diesen Worten schmiegte sich der Wolf an mich, und ich fuhr ihm durchs Fell. Er grinste wie ein Großvater, der zum ersten Mal sein Enkelkind ansieht. Ich hoffte, er würde das immer wieder tun. Mich so ansehen. Liebe stand ihm auf der Stirn geschrieben.

Gerda kam eine Träne heruntergekullert und ich wusste, sie sprach ebenso über sich selbst. Hatte sie keine Familie? Vater oder Mutter? Geschwister? Es schien mir, als wollte sie eine eigene Familie gründen. So sah sie aus. Wie ich sah sie aus. Denn auch ich wollte eine eigene Familie.

Würde Gideon sich mir versprechen? Mit mir Kinder machen? Für immer meine Hand halten? Und wer würde das bei Gerda tun, die mir nicht aus dem Kopf wollte, obgleich sie ihren Blick von mir genommen hatte?

»Gerda«, sagte ich, erhob mich und umarmte ihren Oberkörper. Sie drückte meinen Körper an ihren und war hocherfreut. Ich streichelte ihr durchs Haar. Sie tätschelte mich am Rücken. Wir waren wie zwei enge Freundinnen, die sich lange nicht gesehen haben.

»Ich habe dich gern, meine Liebe«, sprach ich und grinste laut.

»Los jetzt«, sagte Gideon und spornte uns alle damit an, weiterzugehen. Die Gefahr sei nicht gebannt und wir nicht überlegen. »Ich befürchte es ist ein Bär«, war seine Meinung.

Damir, der Bär, sagte: »Und er wird keineswegs so locker mit euch umgehen wie ich es tue. Wir sind echt in großer Gefahr«.

Plötzlich schien mir Viodora leger, als sie sagte: »Malt mal nicht den Teufel an die Wand. Es kann so schlimm nicht um uns stehen. Gott ist auf unserer Seite«.

Hermes: »Woher weißt du das denn? Er könnte gerade verhindert sein«.

Viodora war unbeeindruckt. »Ich glaube, dass der große Gott überall zur selben Zeit ist. Daran glaube ich und daran halte ich fest, bis ans Ende meiner Tage«.

Hermes: »Diese Tage könnten heute vorbei sein, wenn das Monster auf uns trifft. Hilf dir selbst, dann hilft dir Gott. Wieso sollte er immer eingreifen? Wir würden gar nichts mehr lernen aus dem Leben«.

Viodora stimmte ihm dann doch zu. Ja, wir würden die Konsequenzen nicht tragen, würde Gott immer einschreiten. Denn dann gebe es keine Gebete mehr, da alle darauf vertrauen könnten, Gott helfe immer und überall. »Du hast recht gesprochen. Ich war im Unrecht. Ich kann Gott nicht zwingen, uns immer zu helfen«.

Hermes fügte an: »Du kannst ihn eh nicht zwingen. Er würde das niemals tun. Uns alles abnehmen. Das wäre fahrlässig«.

»Ich würde gerne mitreden«, sprach ich. »Aber meine Kenntnis um Gott ist zu gering«.

»Keine Sorge, Sarah«, sprach Hermes. »Jetzt, da ich offiziell dein Großvater bin, werde ich dich alles lehren, was nötig ist«.

Ich strahlte und glänzte im Gesicht. Einen Großvater zu haben war schon eine Hausnummer. Wer keinen besaß, war weniger geliebt. Das wusste ich.

»Jetzt aber ein bisschen schneller«, sagte Gideon. Er musste eine Vorahnung haben, was das Monster anbetraf. Und ich wollte ihm da nicht reinreden. Er war groß genug, die Lage sondieren zu können. Ich schätzte ihn als ein fühlendes Wesen ein und ich sollte recht behalten.

»Ich spüre es nur zweihundert Meter hinter uns«, sagte er sodann. »Glaubt mir. Ich habe hier Ahnung von den Dingen. Wer immer uns folgt, ist schneller als wir. Seht nur wie es aufholt. Ich sehe es praktisch vor meinen Augen«.

»Das ist eine Vision, Gideon«, sprach ich und war erstaunt über seine Fähigkeit. Sollte ich ihm Glauben schenken? Ich wusste das schon vom Schmetterling. Jetzt war Gideon ebenso in der Lage. Er fühlte den Gegner nahen und ich konnte nicht widersprechen.

Ich sah mich einige Sekunden später kurz um. Was ich sah verstörte mich ungemein. »Was um Himmels Willen«. Ich sah ein großes Wesen, braun und mit einem Fell. Es schien mir Damir zu ähneln. Nur war es mit Gewissheit nicht Damir, denn dieser führte im Moment unsere Gruppe an.

Plötzlich stürzte sich das Monster auf Gerda. Von hinten sprang es sie an, woraufhin sie zu Boden stürzte. »Meine Güte«, schrie ich laut. »Gerda. Sie liegt dort hinten. Hermes, was tun wir jetzt?«

Hermes sah sich ebenfalls um und grummelte vor sich hin. Ich konnte ihn dennoch hören und verstehen. Er blieb kurz stehen, um sich ein Bild vom Monster machen zu können. Und prompt lag er weit hinter uns.

Er war dem Bären nahe. Würde er für uns kämpfen? Sich für diesen Haufen einbringen?

Ich dachte schlecht von der Gruppe. Wir hätten alle gegen den Bären ankommen können. So wäre Gerda gerettet. Da aber außer Hermes alle weiterliefen, sah ich die Wahrheit über uns. Jeder denkt an sich selbst. Da ich Hermes nicht aufgeben wollte, blieb ich dann ebenso stehen und baute mich vor dem Bären auf. Dieser blieb abrupt stehen, fauchte mit den Tatzen und schrie aus der Kehle. Hermes grölte und sprang ohne Hemmung den Bären an. Jetzt hatte er ihn am Hals, zwischen seinen Wolfszähnen. Würde er jetzt zubeißen, wäre es vollbracht. Doch ich kannte Hermes gut. Und er würde das nicht machen. Das war außerhalb seiner Wohlfühlzone.

Hermes zögerte einen Moment. Der Bär nutzte das und stieß den Wolf von sich. Dann sprang er auf Hermes. Ich lief herbei und schlug mit beiden Fäusten kräftig auf den Bären ein. Er ließ von Hermes ab und grölte mich an. Bevor er mich angreifen konnte, war Gideon zur Stelle und rammte den Bären mit seiner rechten

Schulter. Unser Gegner taumelte rückwärts, fing sich dann erneut.

Hermes suchte nach einem Ast, um diesen in den Bären zu stoßen. Er fand keinen, ebenso nichts anderes, das helfen könnte in diesem Kampf. Wir waren in der Zahl überlegen. Sollten wir das nutzen können? Mit Sicherheit, dachte ich und winkte alle anderen herbei. Damir war als Erster zur Stelle. Er grölte den anderen Bären an, dann sah er Gerda verletzt daliegen. Plötzlich war er in Gedanken versunken. Er war für den Angreifer keine Gefahr mehr. Gerda hatte Beine und Arme von sich gestreckt und stöhnte auf. Gott sei Dank. Sie war am Leben.

Gerda erhob sich langsam und schaute um sich. Sie stellte fest, dass wir in einem Tohuwabohu festsaßen. Daraus mussten wir uns befreien. Gerda suchte in ihren Taschen und fand ein Schweizer Taschenmesser, welches sie dem Bären vor die Nase hielt. Er war weniger erfreut, hatte aber keine Angst. Als sie ihm das kleine Messer in den Bauch rammte, stöhnte er einen grässlichen Laut aus.

Ich hatte die Hoffnung wir seien gerettet, doch der Bär war größer und energischer als gedacht. Er würde so schnell nicht klein beigeben. Das Messer hing an seinem Bauch herab und er kratzte Gerda übers Gesicht, weil sie ihm am nächsten war. Gerda trat zwei Schritte zurück und griff sich ins Gesicht, worauf Blut an ihren Händen klebte.

Es war nicht lebensbedrohlich, aber es war eine Verletzung.

Ich sprang den Bären von hinten an, umklammerte seinen Hals mit meinen Armen. Er hatte mich wie einen Rucksack an sich und wollte mich abschütteln. Doch ich hatte genug Kraft, um mich auf ihm zu halten.

Jetzt rief er das erste Mal etwas: »Ihr furchtbares Team. Euch werde ich es zeigen. Das ist mein Revier, und wer es betritt, muss mit Totschlag rechnen. Habt keinerlei Manieren. Ihr seid eine schlimme Truppe«.

Ich fühlte mich angesprochen. Was er denn über uns sagen könne, er kenne uns nicht. Wie könne er behaupten wir seien schlimm. Dass es sein Revier war, konnten wir nicht wissen. Wir wussten nicht mal, dass ein Bär hier sein Unwesen trieb.

»Ich habe euch von weitem gehört. Ihr tretet in mein Revier und schreit hier herum, als wärt Ihr auf einer Hochzeit«. Zudem habe er mächtigen Hunger. Den haben wir ebenso, meinte ich und sah in die Runde. Hunger war in diesem Wald weit verbreitet, schien es mir.

Der Angreifer stellte fest, er müsse was essen. Da kämen wir wie gerufen. Ich rügte ihn, schalt ihn: »Du Missgeburt willst uns fressen. Siehe her. Unser Bär Damir hat nicht andauernd Hunger. Du aber gibst dich als Opfer aus«.

Was ich sagte, hatte Hand und Fuß für mich, ich wusste nicht, dass Bären ständig auf der Suche nach Nahrung sind. Und so blieb mir diese Wahrheit zunächst verborgen.

Ich wusste so gut wie nichts von Bären, nur, dass sie wunderbar hören können. Er musste uns schon aus einer Entfernung von einem Kilometer gehört haben. Das war mein Gefühl, welches immer besser ansprang. »Gott sei Dank. Du unterhältst dich wenigstens mit uns. So können wir alles ausräumen was zwischen uns steht«, sagte ich zum Angreifer. Der Bär lächelte nicht. Grummelte vor sich hin und verpasste mir tollpatschig eine Ohrfeige.

Voller Demut sah ich ihn an. Hatten wir was falsch gemacht, dass er uns so attackierte?

Kapitel 24

In wenigen Kilometern entfernt, lief Savannah nervös umher. Das Heim hatte ihr verklickert, ich wäre letzte Nacht ausgebüxt. Jetzt war sie aufgeregt. Wir waren Seelenverwandte und sie musste gespürt haben, dass etwas mit mir schieflief. Spürte sie meine Angst? Meine Verwundung? Den Bären? Ich glaubte ja.

Savannah ging schnurstracks zur Heimleitung, der gewissen Frau Hammelt. Sie klopfte an der Türe und ließ sich selbst hinein. Sie stürmte quasi in den Raum und begann wild zu reden. »Sarah ist verschwunden, wurde mir gesagt. Wie konnte das geschehen? Wir sind doch ihre Familie«.

Frau Hammelt sagte: »Es tut mir leid, Savannah. Es gab einen Streit gestern Abend.

Die Kinder sollten Disziplin und Ausdauer beweisen. Das Leben da draußen ist hart und so müssen wir Sarah hart erziehen. Sie verstehen das doch, Savannah. Sie sind schlau genug dafür. Wenn Sie mich fragen, wird sie bald wieder auftauchen. Wo soll sie denn hin? Sie hat keine Familie da draußen. Was würden Sie an ihrer Stelle tun? Umherlaufen, mit Aggressionen? Ich glaube nicht, dass dies der richtige Weg ist. Gegen uns zu arbeiten. Für Sie sollte es ebenso nicht normal werden gegen uns zu arbeiten. Sie verstehen doch was ich meine?« Die Heimleiterin gab sich sicher und geborgen. Sie hat einen Mann, der sie umsorgt. Er kocht und putzt, erledigt die Einkäufe und ist ein lieblicher Mensch. Ich hatte ihn mal im Heim angetroffen.

Savannah setzte sich auf das Pult der Leiterin und wiegte ihre Beine. Sie war froh gestimmt, was aber aufgesetzt war. Jetzt musste sie Tacheles reden. »Unsere Erzieherinnen sind grob. Da ist keine besser als die andere. Wenn Sarah etwas da draußen zustößt, werde ich Sie verklagen. Sie lassen das alles durchgehen. Wie oft war ich hier, in Ihrem Büro, und habe mich beschwert? Wir sind zu kaltherzig geworden. Früher war das anders«.

An die frühere Zeit konnte ich mich nicht mehr erinnern. Ich war einfach zu klein. Doch Savannah hatte mir berichtet, wie es früher hier war. Es war solange gut, bis die Fachkräfte ausgetauscht wurden. Junge, billige Kräfte stellten sich hier vor. Savannah selbst hatte das nicht betroffen. Sie war einfach klasse.

Savannah verließ den Raum, um sich Luft zu verschaffen. Die Heimleitung hatte kein Herz gezeigt. Es brachte nichts ein, dass sie da reinmarschiert war.

Sie wusste, dass die Heimleiterin eine Wandlung durchlaufen hatte. Wie sonst war es zu erklären, dass sie kalt gegenüber den Kindern war? Später sollte ich erfahren, dass sie zwei Fehlgeburten hatte, als sie jung und knackig gewesen war. Von da an hasste sie Kinder und Jugendliche. Das ist nicht bis nach oben durchgedrungen. So behält sie ihre Stelle.

Savannah lief an den anderen Frauen kaltherzig vorbei. Würdigte sie keines Blickes. Sah benommen und böse drein. Hätte ich sie da so gesehen, wäre ich eingeschritten. Hätte sie an die Hand genommen. Und sie getröstet. Doch ich war einige Kilometer entfernt. Und Savannah würde schon nichts Schlimmes anrichten. Sie lief zur Kantine und verleibte sich das Mittagessen ein. Dann wischte sie sich den

Mund ab und erhob sich. Die Kinder und Jugendlichen bemerkten ihre Stimmung und es gab nur eine, die ihr helfen wollte. Nur eine, die mutig genug war: Josephine. Diese erhob sich und ließ ihr Essen stehen. Dann ging sie zu Savannah hinüber und nahm deren Hand in die ihre.

»Sie müssen nicht böse sein. Ich habe davon gehört. Sie verstehen sich prima mit Sarah und ich mag sie ebenso. Beruhigen Sie sich erst einmal, dann sehen wir weiter. Wenn Sie möchten suchen wir sie. Sie mag die Natur, dort könnten wir beginnen«.

Savannah sah wieder freundlicher aus. Sie schmunzelte und meinte, ich würde schon bald wieder auftauchen. Dafür wäre ich zu loyal ihr gegenüber. Josephine legte ihre Hand auf Savannahs Schulter und strahlte sie an. »Sie haben nichts falsch gemacht. Es sind die Erzieherinnen, die Sarah hart angehen. Die schlimmen Kinder in dieser Gruppe sind kein Problem für Sarah. Da steht sie drüber. Die Frauen aber machen es ihr schwer. Ich hätte der einen oder anderen Mal eine Ohrfeige verpasst. Sie haben es verdient. Dass die Heimleitung da nichts macht ist schrecklich. Die stecken doch alle unter einer Decke«.

Ich wusste zu wenig über die Abläufe der Bediensteten. So schlau war ich nicht, dass ich da ins Detail schauen würde.

Ich würde schon bald erfahren, wie herzhaft Savannah sich hier für mich einsetzte. Und ich würde es ihr danken.

Die junge Erzieherin bedankte sich bei Josephine. Diese sagte, Savannah könne auf sie zählen, wenn sie Hilfe benötige. Savannah strahlte die Fünfzehnjährige an, klopfte ihr behutsam auf die Schulter und ging einige Schritte hinaus, um im Park ein wenig auszuruhen. Die frische Luft würde ihr guttun, dachte sie. Dann sagte sie zu sich selbst: »Ich liebe Sarah. Wenn ihr etwas zustößt, werde ich mir das niemals verzeihen«.

Eine andere Erzieherin hörte diese Worte und antwortete prompt. »Diese Göre wird sich schon durchschlagen. Verdient hat sie das nicht, aber was soll ich dazu sagen. Die Kleine ist widerwillig. Was man ihr rät, sie schlägt es aus. Wir haben recht gehandelt gestern, als wir grob mit ihr gewesen sind. Sie verstehen uns doch, Savannah?«

Savannah zog die Stirn kraus und überlegte kurzerhand. Sie war zwar kein Kind von Traurigkeit, aber Streit ist nie gut, egal, worum es dabei geht. Das hatte ich an diesem Tag gelernt. Meine Freundin Savannah war nicht nur kess, sie war ebenso sanft und zierlich. Und so sprach sie: »Ihr tut, was für euch gut ist und ich mache nach meinem Gutdünken. Wir lassen uns, so wie wir sind. Okay?«

In diesem Augenblick dachte ich an Savannah, stellte sie mir bildlich vor. Sie hatte keine Freunde im Heim, und jetzt war ich verschwunden. Die Letzte, die ihr zuhörte. Doch sie hatte jetzt Josephine als Verbündete.

»Genug der frischen Luft«, sagte Savannah und ging an einer Erzieherin vorbei. Sie traf unwillkürlich deren Schulter, was der Hexe an Frau plötzlich Demut ins Gesicht schlug. Dann aber schrie die Göre: »Du dumme Pute. Bist nicht besser als ich«.

Diese Dame hat es faustdick hinter den Ohren, dachte Savannah und schien geläutert.

»Nein, ich bin nicht besser als Sie, werte Dame. Wäre es möglich, diesen Streit zu schlichten?«

»Wäre es, wenn Sie auf unserer Seite stünden, Savannah. Aber das tun Sie nicht, nicht wahr?«

»Das kann ich nicht, werte Kollegin. Ich kann mich nicht gegen Sarah stellen. Wir sind echte Freundinnen«.

»Ich sehe es in Ihren Augen, Savannah. Sie lieben dieses Mädchen. Sie haben sich mit ihr verbunden. Im Herzen wie mit Wort und Tat«.

Ja, dachte Savannah.

Ich spürte sie, da wir im Wald für eine Minute durchatmen konnten. Ich fühlte ihre Liebe. Doch jetzt war was anderes an der Reihe: der böse Bär. Er ließ sich nicht bändigen. Doch wollte ich zu Savannah zurück, dann mussten wir ihn jetzt zum Teufel schicken.

Kapitel 25

»Ich kann euch nicht gehen lassen«, sagte der Bär. Er hatte offensichtlich echten Hunger. Seine Magen grummelte und seine Stimme ebenso. Ich vermutete, dass er uns gleich in Stücke reißen würde.

Wir waren in seinem Revier, und da war Rache bei ihm gewiss. Zum anderen hatte er mächtigen Hunger. Ich verstand ihn zwar, konnte dieses Verhalten dennoch nicht billigen. Keiner hier gäbe sein Leben dafür, dass dieser Bär gesättigt würde. »Nein«, schrie ich und stieß ihn gegen die Brust. »Du lässt uns gehen, und zwar sofort«.

Der arglistige Bär stellte sich auf seine Hinterbeine und grölte. Als er auf mich zulief, kam Kurt von der Seite angesprungen und schmiss den Bären um. Dieser hatte sich schnell gefangen und sprang auf Kurt. Mit einem Hieb zerriss er ihm das Hemd und die Hose. Ich sah Spuren von Blut auf Kurts Brust. Er schrie grauenhaft: »Um Gottes willen. Maria, Jesu Mutter. Bitte hilf mir«.

Der Bär biss Kurt in den Oberkörper und trampelte auf ihm herum. Schnell war Gideon zur Stelle und schlug mit der Faust gegen des Bären Backe. Der Bösewicht fiel um, wie ein Baum beim Fällen.

»Jetzt hast du was du verdienst«, sagte Gideon zum Bären. Kurt fand sich angesprochen. Er hechelte: »Meine Lieben. So verläuft mein Leben zum Ende. Macht euch nichts draus. Ich habe es verdient. Ihr habt Besseres verdient. Ich habe den jungen Mann von vorhin auf euch gehetzt. Jetzt liegt er im Wald begraben. Ihr seid eine wunderbare Gruppe. Ich gehöre hier gar nicht hin. Vergebt Ihr mir meine Eskapaden?«

Mit diesen Worten wurden seine Augenlider schwer. Wir wussten, er würde die Attacke nicht überleben. Übersät von Blut und Wunden würde er gleich den letzten Atemzug machen. Gerda legte ihre Hand auf seine rechte Backe. »Du beweist hier Mut, mein Lieber. Ich vergebe dir deine Worte, denn was du jetzt sagst ist wunderbar«.

Kurt atmete schwer ein und aus. Er schien gerade seinen Frieden zu machen. Er opferte sich der Gruppe, die ihn heimlich anflehte am Leben zu bleiben. Es sollte nicht so kommen. Er schlief ein und fand sich im Himmel wieder. Ich hatte ihn vor Augen, wie er auffuhr und bei Gott landete. Wie dieser ihm die Hand auf das Haupt legte und ihm alles vergab, was er zuvor gesagt und getan hatte.

»Er ist gegangen«, sagte Hermes verbittert. »Dabei hätte er mehr Zeit gebraucht, um sein Leben besser zu gestalten. Nur zu dumm, dass ihm die Chance auf ein gutes Leben verwehrt blieb«.

Viodora sagte: »Er hat den Höhepunkt erreicht mit seinem Opfer. Die letzte Tat hat ihn selig gemacht, meine Lieben. Ihr versteht, was ich meine? Ihm wird vergeben werden, da, wo er jetzt gelandet ist«.

Ich musste nicht lange denken, ob dies unwahr oder wahr gewesen ist. Ich spürte, dass Viodoras Aussage groß war. Und was groß ist, das ist wahr. So sind meine Gedanken dazu.

Es war möglich, dass Kurt das Reich des Himmels erreicht hatte. Ich weiß erst heute, dass es so gewesen ist.

Der feindliche Bär sah, was er angerichtet hatte. Schnell setzte er sich auf alle viere und lief davon, wie ein Besessener nach einem Totschlag. Er machte dabei keinen Laut mehr und da wusste ich, dass er ein Gewissen hatte.

»Und komme nie wieder«, rief Gerda dem Bären hinterher. Sie war regelrecht mutig. Ihr Augen waren fest und ihre Stimme grob.

Ich fand das nicht übertrieben. Gerda wurde mir immer sympathischer. Sie war Männern gegenüber nicht mehr schüchtern, da sie Kurts` Hand hielt. Und dennoch war es zu spät, um mit ihm zu flirten. Er war hinüber gegangen in ein besseres Leben. Sie legte ihren Kopf auf seine Brust und meinte:

»Am Ende haben wir alles gut gemacht, Kurt. Durch dich habe ich Hemmungen verloren. Habe keine Frucht vor Beziehungen mehr. Du hast mir das gebracht. Danke dir«.

Ich sagte an Gerda gerichtet: »Du hast keine Furcht vor Beziehungen mehr? Uns gegenüber warst du den ganzen Tag über mutig. Mit Kurt bist du das jetzt ebenso. Ein Hoch auf dich. Du und ich werden schon einen Mann abkriegen. Ich will es. Wie sieht es mit dir aus, Gerda?«

Gerda schmunzelte und wiegte den Oberkörper zur Seite. »Bin nicht sicher, ob der Zug nicht schon abgefahren ist für mich. Ich bin keine sechzehn mehr, Sarah«.

Gerda dachte kurz nach. »Ich werde wieder nach Boulevard gehen. Vergebt mir, dort ist meine Heimat«.

Ich hatte den Eindruck, als wenn sie nicht die Einzige war, die gehen wollte. Viodora zwinkerte uns zu. Sie wolle davonfliegen. Die Sache mit der Gruppe habe sich erledigt. Schlimmes sei passiert. Wo solle das hinführen? Ein jeder habe in der Gruppe dazugelernt. Es wäre an der Zeit, dass jeder seinen Weg gehe.

Ich hatte augenblicklich Tränen in den Augen. Ja, dachte ich. Wir alle müssen gehen, aber würde ich mit Hermes, meinen Großvater, bleiben? Er war der Rest meiner Familie und er war großartig im Umgang mit mir. Wir sind Blutsverwandte, die sich gut verstehen. Wir sind Opa und Enkel. Und ein Opa liebt sein Enkelkind.

Nachdem Viodora und Gerda weg waren, machte sich Damir auf den Weg in sein Revier, welches nicht weit von hier war. Gideon nahm meine Hand. »Ich will mit dir und dem Wolf mitgehen. Ist dies erlaubt?«

Ich nickte fröhlich, drückte meinem Schwarm die Hand und gab Hermes ein Zeichen weiterzugehen. Hermes lief hinter uns her, etwas, das ungewöhnlich für ihn ist. Er ist ein Anführer. Bis heute. Weshalb gab er sich hier so zurückhaltend? War da eine weitere Wahrheit, die er mir verschwieg?

Ich wollte ihn bald danach fragen. Sein Gehirn ratterte, als ich zu ihm zurückschaute. Er bereitete eine Rede vor.

Dann trat er vor uns hin. Brachte uns zum Stehen und sagte:

»Meine Lieben. Es gibt hier eine weitere Realität, die ich dir, Sarah, unterbreiten muss. Es ist eine heikle, aber schöne Sache. Nein, es geht nicht um deine Eltern. Ich weiß nicht, wo beide hingezogen sind. Dies war mir damals und heute verborgen. Wenn ich jetzt weiterrede, wirst du sehen, was deine Zukunft sein wird. Es ist möglich, dass du mich verlassen wirst. Es ist aber ebenso möglich, dass ich mit dir gehe. Gideon wird sich entscheiden müssen, ob er mit, oder zurück nach Boulevard geht. Alles wird sich verändern, wenn du mich fragst«.

FAMILIE

Kapitel 26

Ich war gespannt, ob Hermes mir die Wahrheit schmackhaft machen konnte. Doch mein Instinkt versprach mir ...

»Nein«, sagte ich. »Wir bleiben zusammen. Was auch kommen mag, meine Lieben. Wir sind jetzt der Kern dieser Gemeinschaft. Das Fruchtfleisch wurde getrennt vom Kern. Wir bleiben übrig«.

Gideon haderte mit sich selbst. Er sehe sich nicht als Kern. Er habe keine Familie in Boulevard, seitdem seine Eltern verstorben waren. Ein Unfall mit dem Auto habe ihn zum Weisen gemacht. Wie könne er vom Kern sprechen, da er eine verfaulte Frucht sei.

Ich wollte diese Rede nicht weiter anhören. Gideon gab sich demütig und fehlerhaft. Ich wollte ihm geistig aufhelfen und sagte: »Wir alle sind fehlerhaft. Gleich von verfaulter Frucht zu sprechen ist dir nicht gestattet. Du bist ein toller junger Mann. Lass dir das nicht nehmen. Sonst kriegst du es mit mir zu tun«.

Hermes haderte jetzt seinerseits. Er holte zur Rede aus, stellte sich dabei vor uns auf und meinte: »Keiner soll sich verfault nennen. Selbst Kurt hat sich daraus lösen können. Dann kannst du es ebenso, Gideon. Ich verstehe das nicht. Vorhin warst du mutig wie ein Löwe. Jetzt bist du ein Eichhörnchen. Wie ist das zu erklären?«

Ich sah Gideons Unsicherheit und legte deshalb meinen Arm um seine Hüfte. Ich umklammerte ihn quasi. Hielt ihn fest, wie es eine Freundin tun musste. Er schielte zu mir herüber und grinste. Hatte er die Selbstsicherheit zurückerlangt? Oder war mein Versuch zu gering?

Ich wusste, ich könnte ihn zurück auf die Spur bringen. Er würde sich mir gegenüber nie als Jammerlappen zeigen. Und so drehte ich mich zu ihm und sah in seine Augen und er in die meinen.

»Was für eine wunderbare Liebe«, sagte der Wolf und grinste dabei unaufhörlich. Ich gab Gideon einen zarten Kuss auf seine Stirn. Er drückte zaghaft seine Lippen auf meine Wange.

»Kein Problem, meine Lieben«, sagte der Wolf. »Ich werde schon bald mein ehemaliges Weibchen zurückerhalten. Ich kann es spüren. Küsst euch, meine Lieben. Ich bin nicht neidisch.

Wer Neid hat, ist unvollkommen. Er möchte, was er selbst nicht besitzt. Ich habe Hoffnung meine Frau zu finden. Ich muss nur im Wald Ausschau halten«.

Ich entgegnete: »Es freut mich, dass du deine Partnerin suchst, Hermes. Wir werden dich begleiten in ein Revier, wo es weibliche Wölfe gibt. Vielleicht ist sie dabei«.

Hermes sah verschmitzt drein: »Weißt du denn, wo es ein solches Revier gibt?«

»Diese Antwort habe ich von dir erwartet, Großvater. Hast du Kenntnis darüber, wo die anderen Wölfe dieses Waldes leben? Wie weit es ist, ich komme mit. Gideon. Was sagst du dazu? Geben wir Hermes die Ehre? Jetzt, da wir uns gefunden haben und er noch kein Weibchen hat?«

Gideon schien nachzudenken. »Ich würde lieber zuerst die Wahrheit hören. Mir scheint diese teuer und wichtig zu sein. Sag, Hermes. Was gibt es in deinem Verstand, das heraus möchte?«

Ich sah, dass Gideon einen Nerv bei Hermes getroffen hatte. Jetzt musste die Wahrheit raus. Und Großvater hielt nicht länger hinterm Berg.

Mit einer Sicherheit, die er schon immer besaß, sagte er:

»Hör gut hin, Sarah. Dein richtiger Name ist Marie. Du wurdest umbenannt, um dir einen sauberen neuen Start zu geben. Und da ist jemand, der immer über dich gewacht hatte. Es ist Savannah. Sie ist immer bei dir gewesen. Nachdem du aus der Familie raus bist, hat sich Savannah Sorgen gemacht und ist dir später ins Heim gefolgt. Und ... sie ist deine leibliche Schwester. Das wusstest du nicht. Sie ist deine ältere Schwester, von der du Nichts weißt. Du weißt nur, dass du geboren wurdest, dein Papa euch verlassen hatte, weil es ihm zu viel wurde. Es wurde ihm nicht nur deinetwegen zu viel. Deine Eltern hatten schon ein Kind, vor dir. Zwei Kinder sind nun Mal eine Hausnummer. Eine Verantwortung, der sie nicht gewachsen waren«.

Ich sah erstaunt drein, mit großen Augen und den Mund weit offen.

»So habe ich zuerst einen Großvater bekommen. Jetzt kommt eine Schwester dazu. Was kann es Besseres geben als das? Hermes.

Das ist doch die Wahrheit? Du würdest mir niemals einen Streich spielen«.

Ich sah in seinem Blick, dass er ernst wurde. Seine Miene verdunkelte sich und er sprach: »Das traust du mir zu?«

Ich hatte ihn quasi beleidigt damit. Mein Zweifel kam an falscher Stelle. Und das wusste ich sofort. Ich entschuldigte mich brav und reichte ihm die Hand zur Versöhnung. Er legte seine Pfote in meine Hand und grinste lauthals. »Ich vergebe dir, meine liebe Enkelin. Das ist mir eine Pflicht und eine Freude zugleich. Sei getrost. Was ich hier sage ist alles wahr. Du hast mich als Großvater und Savannah als Schwester gewonnen. Jetzt verspiele uns nicht mehr, aus lauter Zweifel«.

Ich schüttelte meinen Kopf. »Nein. Ich will nicht zweifeln. Es gehört zwar zum Leben dazu, dennoch genieße ich die Wahrheit ebenso«.

»Und das soll dir vergönnt sein«, sagte der Wolf.

Gideon sagte: »Das ist also die Wahrheit, die Hermes angekündigt hat. Die Frage ist jetzt, ob dein Großvater auf Brautschau oder mit uns ins Heim geht«.

»Dann kommst du mit ins Heim, Gideon?«, fragte ich kurzatmig.

Er blinzelte mit den Augen. Ja, er wolle mitkommen. Er ließe mich nicht mehr gehen.

Ich freute mich über beide Ohren. Das sei das Schönste, was jemand je zu mir gesagt habe. Ich liebe ihn, wenn er das ernst meine. Gewiss meine er das ernsthaft, sagte er.

Würde Hermes mit uns ziehen? Wir fänden schon Platz im Heim für ihn. Ich war mir sicher, die Kinder würden ihn lieben. Seine Art war der eines Großvaters gleich. Er liebte Kinder, das merkte man ihm an.

»Es liegt an dir«, meinte Gideon zum Wolf. »Gehst du mit uns oder bleibst du in dieser Wildnis. Du bist kein typischer Wolf. Du könntest mit uns gut in der Zivilisation auskommen. Das kannst du mir glauben«.

Ich sagte: »Eine gewisse Wildheit hat er schon. Und dennoch ist er zivilisiert wie ein Mensch. Er war ja einmal ein solcher Mensch«.

Ich sprach weise, das sah ich an Hermes Ausdruck. Ein Stolz war ebenso zu spüren. Er war stolz, dass ich sein Enkel bin. Ich wartete nur auf ein ja von ihm, doch er dachte einen Moment nach.

»Werde ich eine Partnerin suchen, hier im Wald, oder mit euch gehen? Wisst ihr was? Ich gehe mit euch. Junge Leute sind schon wunderbar. Ich werde mich nie mehr alt fühlen, wenn ich in eurer Gegenwart bin«.

»Darauf kannst du wetten«, sagte Gideon.

Ich wusste nicht, ob Hermes unter Menschen aufgeht. Mit uns hatte er sich immer wohlgefühlt. Ich wollte darauf wetten, dass er jung bliebe zwischen uns. Kinder sind gut für eines alten Herz. Man kann so gut mit ihnen raufen und spielen. Auch wenn wir beide schon Jugendliche waren, so blieb uns ein Spieltrieb erhalten. Und wir waren in der Bewegung flink. Mehr als Hermes. Er war zwar ein junger Wolf, aber er war ebenso ein alter Geist.

Er schmiegte sich an Gideons Hose. Mein Freund wunderte sich über eine solche Liebe. Langsam musste er es begreifen. Der Wolf war kein Wolf. Er ist mein Großvater.

Gideon sagte daraufhin: »Ich freue mich, dass du dein Herz an rechter Stelle hast, Hermes. Ich kenne keinen Wolf, aber so habe ich ihn mir nicht vorgestellt. Oder bist du eine Ausnahme?«

Hermes antwortete: »Ich hatte mich früh von meinem Rudel getrennt. Ich kann dir nicht sagen, wie Wölfe im Grunde sind. Sehe mich als einen Zeitgeist, dann ist alles gut«.

Gideon bückte sich und streichelte Hermes über das Fell. Dann zwickte er ihn an der Brust und meinte: »Wir sind Freunde, für immer, wenn du willst«.

Und ob Hermes das wollte. Neben mir war Gideon der einzige Mensch, der dem Wolf geblieben war. Ich hatte den Eindruck, dass Hermes Menschen mochte. Mit dem Charakter war er human und gleich und gleich gesellt sich gerne.

Im Grunde war er ein Tier, doch der Geist ... viele glauben nicht an einen Geist im Lebewesen. Ich tat dies schon. Den Geist vermutete ich im Gehirn. Er denkt nach und drückt sich individuell aus. Er ist ebenso ein Gefühl, weil er nicht nur körperlich ist

Kapitel 27

Hermes antwortete jetzt auf Gideons Aussage: »Man kann nicht genug Freunde haben. Die Familie werden wir gleich zusammenbringen. Freunde sind wir schon. Was sagt Ihr? Gehen wir als Familie und Freunde ins Heim? Werden wir den Kreis für Sarah schließen. Sie bekommt eine Familie. Das ist der Kreis, der sich um Sarah herumdreht. Und ich treffe in Savannah mein zweites Enkelkind«.

Ich erfuhr hier, wie schön Hermes Enkelkinder fand. Nicht nur für mich war es schön. Für Hermes war es ebenso. Er erzählte mir, dass er sich an Savannah erinnerte. Selbst durch seinen Tod hat er ihr Gesicht vor Augen. »Ich habe euch beide vermisst, Sarah. Dich habe ich nicht gleich erkannt, bei Savannah wird es mir leichter fallen. Ich hatte dich ja nur als Kleines gesehen und Bilder gab es spärlich. Savannah kannte ich bis zu ihrem zwölften Geburtstag. Dann verstarb ich«.

Eine Träne kam ihm, die ich sogleich aus seinem Gesicht wischte. Dabei bückte ich mich und umarmte ihn kräftig. Er schluchzte ein wenig. Dann kuschelte er mit mir. Gideon trat an uns heran und kuschelte mit uns. Dann sagte Gideon: »Hermes. Du hast deine Loyalität bewiesen, da du mit uns gehst. Deshalb wollen wir dein Weibchen suchen und es mitnehmen ins Heim. Dein Mut uns zu folgen soll so belohnt werden«.

Ich spürte eine Menschlichkeit in der Luft, wie ich sie niemals zuvor gefühlt hatte. Wir waren die neue Gruppe. Kleiner als zuvor. Aber besser denn je.

Zunächst sollten wir in den nächsten Stunden den Weg ins Heim nehmen. Einige kleine Schilder im Wald führten uns in Richtung der Stadt. Denn keiner kannte den Weg. Würden wir Wildtieren begegnen? Ich hoffte nicht. Nach all dem Brimborium der letzten Stunden sollte unser weiterer Weg leichter werden. Ich hatte ein Gefühl der Hoffnung im Kopf. Es machte mich selig und frei. Liebe und Freiheit war es, was ich brauchte. Was ich bekam.

»Seht da«, sagte Hermes. Er las vom Schild die Zahl 5 Kilometer. So weit war es bis nach Hause. Ich sah es als mein Zuhause, weil

Savannah dort war und weil wir alle dort leben würden. Ich hoffte nur, Hermes und sein Weibchen dürften mit uns wohnen.

Er schnappte meinen Gedanken auf und meinte, ja, er hoffe das ebenso. Im schlimmsten Fall würden sie als Haustiere durchgehen. »Ich werde dich nie als Haustier bezeichnen«, sagte ich. »Du gehörst zur Familie. Alle wissen, dass Tiere sprechen, und so haben sie etwas Menschliches an sich. Wer würde ein solches Lebewesen, wie du es bist, verstoßen? Bleib an meiner Seite. Ich werde das durchboxen«.

Gideon staunte nicht schlecht: »Ich weiß, du bist ein großes Mädchen. Aber so mächtig sehe ich dich erst jetzt. Du gehörst zu mir, wie Hermes und sein Weibchen zu uns gehören«.

Hermes: »Welch weisen Worte. Du bist ein Großer unter dem Himmel. Darf ich dich als Enkel bezeichnen? Jetzt, da Ihr beiden euch füreinander entschieden habt? Ich wäre gerne auch dein Großvater, wenn du es ernst meinst mit uns«.

Ich musste Gideons Antwort nicht abwarten. Ich wusste, was er sagen würde, und so fiel ich ihm aus lauter Drang und Freude ins Wort:

»Mein Gideon freut sich außerordentlich über diese Offerte, Opa. Er nimmt gerne an und ist mein Freund und dein Enkelkind«.

Ich ließ dabei Gideon keine Chance. Daraus konnte er sich nicht herauswinden. Er hatte sich vorhin dafür ausgesprochen und bei mir gab es keine Rückzieher. Er stand für uns ein und sollte das für die nächsten Jahrzehnte so weiter tun.

Gideon: »Sarah spricht mir aus dem Herzen. Ich bin bereit dafür. Erwachsen wird man mit den Entscheidungen die man trifft. Nicht wahr, Opa?«

Hermes: »Die Entscheidung, mit uns zu kommen macht dich gewiss erwachsener. Das kannst du glauben. Mir ging es früher als Mensch nicht anders. Und heute als Wolf erst recht nicht. Du übernimmst die Verantwortung für Sarah und mich, wenn es uns mal schlecht ergeht. So wirst du groß und mächtig«.

Gideon und ich schlenderten neben Hermes. Er war unser Mittelpunkt und würde das bleiben in alle Ewigkeit. Er hatte sich uns offenbart und hatte dabei die ganze Nacht und den heutigen halben Tag gebraucht. Hatte er darauf gewartet, dass ich ihn erkennen möge? Wie auch? Das war unmöglich. Er war mir von Anfang an als Großvater verborgen, jetzt brauchte ich ihn mehr denn je. Spätestens jetzt war er wichtig für mein Leben. Wir waren uns nahe mit dem Herzen und dem Verstand. Ja, ich hatte mehr, als ich gestern erwartet hatte. Letztendlich einen Partner, einen Großvater und eine ältere Schwester. Das Leben hatte mich lieb und ich hatte das Leben gern.

Wir hatten den halben Weg hinter uns gebracht. »Ein wenig Wasser wäre nicht übel«, sagte Gideon. Ich erkannte einen kleinen Bach links von uns, zeigte mit dem Finger darauf und lief schnurstracks darauf zu. Gideon schien erleichtert und auch Hermes hatte den Durst im Gesicht, welchen er sogleich stillen würde. Gideon bückte sich und legte seine Hände ins Wasser. Dann trank er zwei Schlucke. Ich tat es ihm gleich und Hermes hielt seine Schnauze in das Bachwasser. »Wie wunderbar unser Gott das doch macht«.

»Ja«, meinte ich. »Es ist Gott, der uns den Weg hierher bereitet hat. Wir waren durstig und Gott ist da. Ich suchte einen Partner und habe mehr als das gewonnen. Wenn es keinen Gott gäbe, dann wäre das niemals möglich gewesen«.

Ich hatte den Nagel auf den Kopf getroffen. Denn ich sah, wie beide mir zunickten. Wie sie bestätigten, was ich mir vorstellte.

Die Religion hatte sich seit kurzer Zeit in mir eingenistet. Ich spürte es und sprach es aus. Sprach die Wahrheit, weil sie in mir liegt. Wie sie in jedem liegt, der sie sucht. »Gott ist der Größte, ohne Groll und Ärger. Er ruht in sich selbst«.

Hermes sah mich verwundert an und sagte: »Ich sehe es ebenso, meine Liebe. All das Böse kommt von Dämonen. Gott ist mit uns und für uns«.

Gideon kramte seine Kenntnis aus, als er sprach: »Ja. Gott ist überall, doch er tut nicht überall, sondern lässt uns Fehler machen. So lernen wir über ihn und das Leben. Ich finde, wer den gleichen Fehler zwei Mal macht, ist doof«.

Hermes sah grimmig drein. Theoretisch wäre es so richtig. Die Realität mache dies schwierig. Er habe immer mal wieder den gleichen Fehler begangen. Da sollten wir uns an die eigene Nase greifen.

Ich verstand Hermes gut. Das Menschliche muss Fehler begehen, sonst ist es nicht menschlich.

Sollte Hermes menschlicher sein als Gideon und ich? Kann sein. Ich ließ den Gedanken in meinem Kopf kreisen. »Nach kurzer Überlegung stimme ich dem zu«, sagte ich. Ja, Übles zu tun ist im Menschen verankert, zumindest wenn er jung ist. Wer hat als Kind nicht gestohlen oder gelogen? Taten und Worte. Das macht uns aus«.

Gideon machte Anstalten uns zu widersprechen. Ich sah es ihm an. Seine Rübe glänzte in einem Rot. Als er zur Rede ansetzen wollte, war er wieder sicherer. »Meine Lieben. Ich vergebe euch für eure Fehler. Ich möchte dennoch keine begehen«.

Ich konnte meinen Freund nicht verstehen. Wie hartherzig er doch sich selbst gegenüber war? Jeder benötigt die Vergebung. Sollte Gideon fehlerfrei sein, dann braucht er meine Vergebung nicht. Da ich aber den Menschen

Gideon so langsam verstand, wusste ich, dass er nicht anders war als wir. Es gibt keinen perfekten Menschen. Auch keine phantastischen Tiere und die perfekte Handlung, die gibt es ebenso nicht. Wir können nicht zu hundert Prozent das Richtige tun. Ich wusste das damals wie heute.

Hermes grinste, als er folgenden Einfall hatte, der ihn ehrte: »Nur die Liebe ist größer als die Vergebung. Wenn du uns denn liebst, Gideon, dann ist das schon ein großes Zeichen. Dann musst du uns nicht vergeben. Die Liebe ist das größte Gut des Menschen. Er sollte sie dringlichst gut behandeln. Sie umsorgen und pflegen«.

Ich begriff sofort, was mein Großvater sagte. Wir mussten immer wieder Liebe spüren und sie weitergeben. An Leute, die unsere Zuneigung verdienen. Menschen, die uns nahestehen. Vergebung ist dennoch wichtig für mich. Bei mir sind die Liebe und die Vergebung unteilbar miteinander verknüpft. Sollte es bei Gideon anders sein? Würde er uns stehenlassen, weil wir fehlerhaft waren? Ich hoffte, dass sein Herz sprechen möge. Sah ihn eindringlich an und wartete auf eine Einlassung. Gideon sah mein Gefühl in den Augen und grinste breit und schön. Ich wusste, er würde mir tatsächlich vergeben. Und er würde Hermes vergeben. Wir waren nunmehr seine Familie. Eine andere hatte er nicht. Er konnte sich sicher sein mit uns. Wenn er es denn wollte. Ich hoffte kräftig, er würde diese Familie schätzen und lieben.

»Ich habe euch lieb«, sagte er plötzlich in die Runde und lächelte mit Grübchen an den Backen. »Ab jetzt werde ich immer mit euch sein. Kein anderer Mensch und kein Tier werden mich von euch trennen«.

Ich spürte, er meinte das ernst. Und ich sagte, damit würde er uns eine Ehre erweisen.

»Ja«, fügte Hermes an. »Dich zu lieben, lieber Gideon, ist mir eine Ehre, denn du bist ein feiner junger Mensch. Deine Eltern haben dich gut erzogen. Zur Vernunft und zum Mut haben sie dich erzogen. Ehre wem Ehre gebührt, mein Lieber«.

Gideon schätzte seine Eltern. In diesem Moment sah ich es an seinen Tränen. Er vermisste sie und keiner konnte sie ihm ersetzen. Oder konnten wir es doch?

Stumm gingen wir die nächsten Minuten und erreichten die Weinberge der Stadt. Die Ernte wurde eingefahren. Gideon schnappte sich eine Traube und gab sie mir. Ich ließ sie mir schmecken.

Der Bauer auf der Maschine glotzte nicht schlecht. Doch er ließ es geschehen. Dann wandte er sich wieder seiner Erntemaschine zu, die riesig war und die Ernte per Hand ersetzte. Sie fuhr über die Reben und sammelte die Früchte ein. So etwas hatte ich niemals zuvor gesehen. Dass eine Maschine die Trauben vom Stock pflückte.

Kapitel 28

An den Weinbergen vorbei, über die Feldwege, so gingen wir zu dritt im Marsch. Gideon kannte dieses Gebiet nicht, Hermes aber schon ein wenig mehr. Und er war es, der uns navigierte. Einige Minuten später klopften wir an der Türe des Heimes. Niemand öffnete uns, sodass ich die Türe spontan aufdrückte. »Wenn keiner kommt, dann machen wir das auf unsere Weise. Ist kein Genie vom Himmel gefallen. Sie werden schon lernen, den Eingang zu beaufsichtigen. Nur so war ich gestern ausgebrochen, weil niemand die Türe bewachte«. Ich tat den ersten Schritt in den Flur im Erdgeschoss. Gideon und Hermes waren ehrfürchtiger und tapsten langsam durch den Flur. Erst jetzt kam eine Erzieherin uns entgenen. Als sie mich erkannte, schrie sie laut: »Mein Gott. Mädchen, wo kommst du denn jetzt her? Wir haben dich sehnsüchtig gesucht. Wo bist du nur geblieben?«

Ich wusste nicht zu antworten, die Erzieherin zog mich zu sich heran. Hermes sprach: »Liebe Frau. Dieses Kind hat nichts

Unrechtes getan. Sie musste hier ausbrechen, weil die Umstände schrecklich gewesen sind. Hätten sie besser auf sie eingewirkt, dann wäre sie gestern nicht geflohen. Greifen Sie sich an die eigene Nase, werte Dame«.

Klar, ich war ausgebüxt, weil letzte Nacht alles schieflief. Und doch hatte ich ein Gewissen, welches mich plagte. Welches mir vorführte, dass jetzt eine Entschuldigung von mir angebracht wäre. Welche ich sogleich aufzunehmen wusste. Denn ich sah den Ernst an der Erzieherin und wusste, dass ich ihr nicht egal war. Sie hatte sich Sorgen gemacht. Da sollte ich demütig reagieren.

»Es tut mir leid, Frau Humbusch. Sehen Sie es mal so: Ich habe mich selbst dabei gefunden. Das war es wert, denken Sie nicht ebenso?«

Die Dame rümpfte die Nase und hatte ihre Hand an der Stirn. »Schön war es nicht. Aber wenn es nicht anders ging, dann war es so. Kein Hausarrest, denn du hast etwas daraus gelernt.«

Ich war erleichtert, dass es keine Strafe für mich gab. Gott sei Dank, dachte ich mir und hüpfte an der Erzieherin vorbei, bis in den

Aufenthaltsraum. Dort traf ich Josephine, eine meiner Freundinnen im Heim. Sie kam mir sogleich entgegen und umarmte mich zärtlich und fest. Ich freute mich ungemein über die Freundschaft und Liebe, die von ihr ausging. Sie hatte sich ebenso Sorgen gemacht, das sah ich in ihren verbitterten Augen. Sie sprach: »Sarah. Musst du mir einen solchen Schrecken einjagen? Ich bin fast aus den Wolken gefallen, als ich davon hörte. Abgehauen bist du und hast mich zurückgelassen. Wäre ich doch mit dir gegangen«.

Ich war entzückt, doch lässig. Sie solle sich keine Schuldgefühle machen, ich habe Freunde gewonnen im Wald. Das sollte als Erklärung genügen. Ich fand Josephine zuckersüß. Sie hatte eine wunderbare Ausstrahlung im Gesicht. Ihr Haar war lang und braun. Was für eine Schönheit.

Josephine nahm meine Hand und führte mich einige Meter weg. Ich fragte, wo es hinginge. Sie meinte, Savannah habe mich redlich vermisst. Ich müsse mal bei ihr vorbeischauen. Das tat ich mit Vergnügen. Wir holperten durch den Flur in Richtung

Personalräume. Dort öffnete Josephine die Türe und schritt hinein. Sofort sprach sie jemanden an: »Savannah. Sehen Sie mal, wer uns das Vergnügen bereitet. Ich weiß, sie haben sich ebenso Sorgen um sie gemacht, deshalb lasse ich euch beide jetzt allein«.

Josephine öffnete die Türe weit auf und ging davon. Zum Vorschein kam Savannah. Sie war berührt, als sie mich sah. Sofort sagte sie, sie müsse mir etwas beichten. Jetzt, später wäre es womöglich zu spät. Einen weiteren Ausbruch würde sie nicht verkraften. Und so sagte sie zu mir: »Meine liebe Sarah. Ich bin ... wie soll ich es dir beibringen. Wir haben ein enges Verhältnis, welches ich gerne aufgebaut habe. Du bist wie eine Schwester für mich. Du bist meine Schwester. Das ist die Wahrheit. Verstehst du mich?«

Klar verstand ich sie. Ich musste jetzt erklären, dass ich es schon wusste. Und so sprach ich: »Ich weiß es von Hermes, dem Wolf«.

»Und woher weiß dieser es?«, fragte sie mich.

Er ist, Gott verdammt, unser Großvater. Als ich das dachte, kamen meine Worte eins zu eins.

Savannah war erschüttert. Wie könne ein Wolf unser Großvater sein? Das Tier male sich das aus. Ich musste erklären, dass dieser Wolf im früheren Leben ein Mensch gewesen ist. »Glaube uns doch. Er war mal ein Mensch, wie du und ich. Er war und ist unser naher Verwandter. Unser Opa. Wenn du es nicht glauben kannst, dann frage ihn selbst. Er steht vorne im Flur. Lass uns hingehen und die Sache klären«.

Meine Savannah dachte kurz nach und sprach: »Ich will dir glauben, denn du scheinst mir ehrlich geworden zu sein. Die Begegnung mit dem Wolf hat dir gutgetan. Ich will ihn kennenlernen«.

Ich spurtete zurück, ließ dabei Savannah stehen und kam bei Großvater und Gideon an. Ich winkte sie zu mir heran. Sie sollten Savannah kennenlernen. Hermes kannte sie, als sie ein Kind war. Würde er warm werden mit ihr?

Sie sind blutsverwandt, daher sollten sie sich gut verstehen. Ich konnte störrische Familien nicht ausstehen. Mein Wunsch war es, Harmonie in der unseren zu haben. Ich hatte genug von all dem Neid und der Missgunst einiger Gemeinschaften. Ich sah es, wenn Verwandte die Mädchen und Jungen besuchen kamen. Ich wusste davon, was schieflaufen kann. Ich wusste ebenso, dass es herrlich werden kann, wenn alle sich aufeinander einstellen. So sprach ich: »Kommt Ihr mit, zu Savannah? Großvater. Sie möchte dich sehen. Ich hoffe, du hast Liebe für sie dabei, denn sie ist ein wunderbares Wesen. Wir gehören zusammen. Du, Savannah und ich. Und Gideon, der uns nicht mehr von der Seite weicht. Stimmt´s Gideon?«

Er nickte wohlwollend und wir machten uns auf den Weg zu Savannah.

Die beiden folgten mir, bis in den Personalraum, wo wir auf meine leibliche Schwester trafen. Sie empfing den Wolf mit offenen Armen. »Sag nur, du bist Großvater«.

»Ich bin es, meine liebe Savannah. Sonst wüsste ich nicht, dass Sarahs Geburtsname Marie ist«.

»Das ist wahr«, sagte sie. »Den Beweis hast du damit gebracht. Sei jetzt mit uns. Ich werde dir eine Lagerstätte im Heim bereiten. Du weichst uns nicht mehr von der Seite«.

Diese Einlassung ist wunderbar, dachte ich mir. Savannah gehört zu uns, wir sind ihre Familie. Ich sah es deutlich vor mir: Sie war sozial wie Hermes und mutig wie er war sie ebenso.

Sie führte uns einige Meter weit, bis an das Ende des Flures. Öffnete eine Türe und meinte zu Hermes:

Verzeih mir, Großvater, dass ich nicht mit mehr dienen kann. Tut mir außerordentlich leid. Du bist Besseres gewohnt, das spüre ich an dir. Denn du bist ein feiner und redlicher Wolf. Oder soll ich Mensch sagen? Da du ja zuvor Mensch gewesen bist?«

Hermes tat fürsorglich und nett, als er sprach: »Nenne mich Hermes oder Großvater. Ich mag dich, Savannah. Das tat ich schon kurz vor meinem Tod. Du bist eine entzückende Frau geworden. Das muss ich dir gestehen«.

Hermes war meiner Meinung nach mehr ein Mensch als Wolf. Seine Art war gar nicht wölfisch. Mancher Mensch könnte so hingebungsvoll mit seinen Enkeln nicht sein. Hermes aber konnte das. Er war für mich human. Das lag mit Sicherheit daran, dass er sich an das frühere Leben erinnern konnte. Er hatte gelernt, als Mensch und als Wolf. Und er hatte nichts vergessen.

Hermes schmiegte sich an Savannahs Bein. »Darf ich deine Hand halten?«

Savannah reichte ihm ihre Hand und er legte seine Pfote in ihre Finger. Dann drückte sie ein wenig zu und meinte, ja, er sei zärtlich wie ein Mensch und Großvater. Er begrüßte das mit einem Lächeln. Savannah bückte sich und umarmte Großvaters Brust. »Ich bin froh über dich. Doch warum hast du uns nicht gesucht?«

Hermes antwortete: »Hättest du mir geglaubt, wenn ich hier aufgetaucht wäre? Ich habe Sarah dazu gebraucht. Sie hat mir den Eintritt in eure Leben beschert. Ich verdanke ihr Einiges. Die letzten Stunden haben sie und mich geprägt. Großvater und Enkel finden eben im Herzen zusammen. Das ist von Mutter Natur so geplant und so wird es gemacht. Jetzt finden *wir* beide zusammen, meine Savannah. Bist du dafür oder dagegen? Kannst ehrlich sein.

Ich werde dich nicht fressen. Wenn du mich fragst, so bin ich für diese Gemeinschaft«.

Savannah ließ von Hermes ab und trat einen Schritt zur Seite. Was sollte das bedeuten? Wollte sie nicht? Konnte sie nicht? Was war es?

Ich vermutete, dass sie einen Moment nachdachte. Einen Wolf als Großvater zu haben ist sonderbar. Aber es ist wundervoll, weil dieser Wolf anders war als andere Tiere seiner Gattung. Ich schubste Savannah zu Hermes hinüber. So stand sie erneut vor Opa und sagte: »Mein Opa. Wenn das alles wahr ist, dann muss ich dafür sein. Wir hatten wenig von Vater und Mutter. Jetzt kreuzen du und Sarah auf. Und ihr seid herzallerliebst«.

Dieses Lob ging mir runter wie Öl. Ich wusste, dass Savannah ein gutes Mädchen war. Ich hatte schon immer diesen Eindruck. Er bestätigte sich, als Savannah mich in den Arm nahm. »Meine liebe Marie. Ich wusste schon immer, wer du bist. Habe mich hier einstellen lassen, um dir nahe zu sein«.

»Du wusstes immer wer ich bin? Und hast nichts gesagt? Gut», murmelte ich, »Ich will dir vergeben. Denn ich hätte dir nicht geglaubt. Du hast absolut gut gehandelt. Großvater ebenso, als er sich mir heute offenbart hat. Zunächst wart ihr still, jetzt seid ihr mit der Wahrheit gekommen. Ich danke euch dafür«.

Savannah sagte: »Ich wusste, dass du dich an mich nicht erinnert hast. Du warst ja so klein. Ich wollte unbedingt bei dir sein. Jetzt ist endlich die Sache auf den Tisch gebracht worden«.

Hermes meinte, ja, es sei wunderbar, dass sich alles so gefügt habe. »Gott sei Dank, meine Lieben. Ich gebe euch nicht mehr her. Und versprecht mir: Jeder Streit zwischen uns sollte ausdiskutiert werden. Nur so können wir vergeben«.

Die Vergebung war ihm eine große Sache. Mir ging es genauso. Wie übel war ich mit einigen Bewohnerinnen. Von Anfang bis gestern. Heute will ich jedes Mädchen umarmen. Plötzlich kam Josephine heran und grinste breit. Sie hatte gut zugehört in drei Meter Entfernung. Sie meinte, sie sei stolz auf mich, denn sie kannte mich anders.

Ich freute mich ebenso über meinen Charakter, den ich entwickelt hatte in den letzten zwanzig Stunden. »Ohne Hermes wäre es nicht geglückt. Ich wäre verschollen, wäre Tage lang gewandert und im Fluss ertrunken«. So war meine Vorstellung, die mir klar vor Augen stand. Ich sah Bilder, die Gott sei Dank nicht wahr sind. Die aber hätten geschehen können.

Josephine drückte mich fest und wollte nicht loslassen. So arg liebte sie mich. Die neue Sarah. Josephine hielt immer zu mir, selbst vor zwanzig Stunden hatte sie das getan. Obwohl ich schlimm drauf war. Ich hatte sie ebenso schon mal frech angemacht. Und ich bereute es heute ungemein.

Hermes meinte an Josephine gewandt: »Sarah meint, sie hat dich lieb. Wenn du genau hinschaust, siehst du es in ihren Augen«.

»Und Sie, Hermes«, fragte Josephine. »Sehen Sie es denn in ihren Augen?«

Hermes tat sicher und sprach: »Ich sehe es und ich fühle ihre Gedanken, meine Liebe. Du kannst davon halten was du willst. Für mich ist diese Art von Kommunikation real«.

Josephine zuckte zurück. Sie war angespannt, doch dann überspielte sie das und sagte: »Kein Problem. Jeder auf seine Weise«.

Sie war derart diplomatisch, dass sie keinem etwas Böses wollte. Selbst einem Wolf nicht. Sie dachte, sie habe eben nicht die ganze Wahrheit über das Leben parat. Jetzt aber musste sie es glauben.

Die Chance dazu war da. Sie sollte sie nicht verstreichen lassen.

Ihre Art war ja schon zierlich und fein. Doch Antennen für so etwas hatte sie nicht. Aber was nicht ist, kann schon werden. Es war nicht zu spät. Gute Leute sollten die ganze Wahrheit früher oder später erhalten. Und Josephine war eine solch gute Person.

»Worauf muss ich achten, um eines anderen Gedanken fühlen zu können? fragte sie Hermes. »Warte. Sage es nicht. Ich habe es schon. Ich muss auf Gefühle in meinem Kopf achten«.

Hermes meinte, ja, besser hätte er es nicht sagen können. Sie sei auf dem richtigen Dampfer. Es sei schwer, Gefühle klar und genau erklären zu können. Daher seien Worte, wenn es um die Seele ging, immer ein wenig heikel. »Die Konversation mittels Gefühle ist eine Sache der Seele. Das hast du genau erkannt«.

Ich sah, wie Josephine auf mich achtete. Es musste etwas sein, dass sie spürte. War dies ihr Gedankenlesen? Hatte sie es geschafft?

Ich spürte meine Gedanken in mir und sah dabei, wie meine Freundin mich las. Gleich würde sie es ausposaunen. Und so sprach Josephine: »Du liebst diesen jungen Mann da, der an deiner Seite steht. Der erste richtige Kerl, der zudem sensibel ist. Wie herrlich du ihn doch siehst«.

»Ja«, bestätigte Hermes. »Diesen jungen Mann hat sie gerne, wie ich damals meine Frau. Und unsere Ehe hielt ein Leben lang. Ich sehe in der Zukunft, wie sie heiraten und Kinder zeugen. Das ist es, was sich Sarah heute Morgen gewünscht hatte. Und wie ich es sehe, hält sie daran fest«.

Josephine war stolz darauf, dass sie meine Gedanken gelesen hatte. Es sei doch nicht schlimm, dass sie das aufgeschnappt habe. Sie sei ja nicht in mich eingedrungen. Nein, sie habe meine Gedanken in ihr selbst gefühlt. Ich habe es an sie ausgesendet und sie habe es eingefangen. Eine glasklare Sache.

»Du siehst es so wie ich?«, fragte ich sie. Dann sprach ich weiter: »Auch aus seinem Mund klingt es wie die Wahrheit. Es ist die Wahrheit. Du hast Gideon so beschrieben, wie ich ihn ansehe. Wie ich eben über ihn gedacht habe. Das alles ist konkret und echt«.

»Komm her«, sprach sie zu mir und umarmte mich leidenschaftlich. »Wir sind wahrlich Freundinnen. Jetzt mehr als zuvor. Ja, du warst grob mit den anderen, jetzt spüre ich deine Sanftheit und Demut. Und doch hast du dir einen großen Mut bewahrt. Ich sehe es an deinem Gesicht. Das ist es, wer du bist. Eine große junge Frau«.

Ich liebte Josephine in diesem Augenblick. Mehr denn je tat ich das. Denn ich hatte mich weiterentwickelt und wusste, was wahre Liebe ist. Und was Freundschaft ist, das wusste ich ebenso.

Ich verband Freundschaft und Liebe, weil ich dies an Josephine und mir sah. Bei uns gehörten diese beiden Dinge zusammen. Es war eine Mädchenfreundschaft, wie sie im

Buche steht. Denn wir konnten uns von da an alles erzählen. Wir beide hörten gut zu und redeten.

»Meine Josephine. Entschuldige die letzten Jahre, die ich auch mit dir grob war. Du standest immer an meiner Seite, selbst wenn ich dich mal verraten und verkauft habe. Heute will ich es besser machen, wenn du es zulässt«.

Josephine sprach munter: »Ja, so war es. Aber es ist vorbei. Ich sehe dein Gesicht. Es ist entspannt und nett. So schön bist du geworden. Und so reif in deinem Alter«.

Ich hatte trotzdem Bilder der letzten Jahre vor mir. Sie liefen wie ein Film für mich ab. Ich erkannte an vielen Stellen, dass ich selbst mit Josephine schlimm drauf war und sie immer Hoffnung für mich hatte. Jetzt sah ich es.

Ich spürte, wie ihr heute Tränen kamen. Ihr Gesicht färbte sich in ein Rot und ihre Glieder wurden weich. Sie hatte Liebe für uns bereitgehalten. Das wusste ich in diesem Moment.

»Mir tut alles leid, was im Heim schiefgelaufen war. Ich muss mich auch bei den Erzieherinnen entschuldigen. Sie konnten nicht anders als mich zu maßregeln. Ich war ungehobelt und unrein. Ein Miststück bin ich gewesen. Wo ist Leiterin Frau Hammelt? Sie ist die erste, die ich besuchen will. Sie hatte die Strippen gezogen, wenn ich schlimm gewesen bin. Sie hat alles gut gemacht. Es war allein meine Schuld«.

Wir gingen gemeinsam zum Büro der Leiterin. Ich klopfte an ihre Tür. Sie bat uns herein und war über die Menge an Leuten überrascht. »Was gibt es, Sarah. Du bist ja wiederaufgetaucht. Was willst du jetzt von mir?«

Hermes bat Frau Hammelt, mir nur kurz zuzuhören. Weiter sagte er, ich habe mich wunderbar entwickelt, sei eine feine junge Dame geworden, die schon jetzt manchmal fühle und sensibel sei. Wenn das so ist, meinte Frau Hammelt, dann können wir ja zufrieden sein.

»Sind wir das?«, fragte ich. »Ich hoffe inständig, dass Sie mir vergeben. Der Wolf hier hat mein Leben verändert. Innerhalb eines Tages ist es besser um mich geworden. Wenn Sie meinen Worten nicht glauben, dann tun Sie es bei Savannahs Worten. Sie wird bestätigen, dass ich mich gewandelt habe. Es ist eine Frage der Zeit, bis es alle wissen werden«.

Savannah und Josephine fielen gleichzeitig in meine Rede ein. Ich verstand kein Wort, doch dann hielt sich Josephine zurück und meine Schwester wiederholte ihre Rede. »Meine Sarah war schwer zu ertragen. Das wissen alle die hier leben. Heute sehe ich sie mit anderen Augen. Sie ist vernünftig und demütig. Einen gewissen Mut hat sie sich bewahrt. Aber nur für die Schuldigen, die Böses treiben. Sie dürfen mir glauben, Frau Hammelt. Sarah bittet um Vergebung. Können Sie das annehmen, oder verwerfen sie ihre Worte sogleich? Ich kenne sie heute anders, meine liebe Sarah. Und wenn Sie uns Zeit geben wollen, dann erfahren Sie es früher oder später. Jeder wird bald sehen, wie toll unsere kleine Sarah geworden ist. Eine Prinzessin, die ihren Prinzen und eine Familie gefunden hat. Eine Frau, die für die Schwachen einstehen und die die Starken unterstützen wird, die gutes im Sinn haben. Das alles ist sie, meine Sarah«. Frau Hammelt grinste offensichtlich. Die Worte hatten sie berührt. Im

Geiste wie in der Seele. Sie setzte sogleich eine bessere Miene auf, erhob sich, ging zu mir herüber und reichte mir die Hand. Ich nahm sie gerne.

Kapitel 29

Eine halbe Stunde verging, dann waren im Foyer Stühle aufgestellt worden und ich begab mich in die Nähe der Bühne, worauf die Theater AG normalerweise spielte. Als alle Heimkinder und die Erzieherinnen Platz nahmen, stellte ich mich auf die erhöhte Bühne. Frau Hammelt, Gideon und Hermes standen neben mir. Josephine saß unten, im Publikum. Sie strahlte mich an, als wären wir ein Paar. Hermes trat mit seiner Pfote auf meinen Fuß, damit ich aufmerksam sein sollte. Die Heimleiterin tat die ersten Worte: »Meine Lieben. Unsere Sarah ist zurück. Gestern ausgebrochen. Aber es war nicht umsonst. Man hat mir versichert, dass sie sich gebessert habe. Und ich will das glauben. Ich lege euch allen nahe es ebenso zu glauben. Denn man sieht es unserer Kleinen im Gesicht an. Sie ist wundervoll geworden. Dieser Wolf hier hat es geschafft, unsere Sarah zu brechen. Ihr Gefühl zu verpassen, und ihr ein Gewissen zu schaffen. Seht nur, wie demütig sie dasteht. Sie ist eine von uns geworden und ich hoffe, alle sind einverstanden, dass wir sie zurücknehmen. Samt dem Wolf und ihrem Freund Gideon«.

Gideon streckte seine Brust hervor. Er fühlte sich angesprochen und trat einen Schritt nach vorne. Dann sagte er: »Ja, ich bin ihr Freund. Ich kann euch allen versichern, dass meine Sarah herzenslieb ist. Ich habe ja Schlimmes von ihr gehört. Und ich sehe an euren Gesichtern, dass Ihr euch unschlüssig seid. Dann hört auf den Wolf, der hier neben uns steht. Hermes, trittst du bitte vor«.

Gideon tat einen Schritt zurück. Hermes trat vor, stand mutig auf allen vieren und meinte mit sicherer Miene: »Ja, meine liebe Sarah war gestern ein Biest. Schon seit Jahren war sie das. Ich habe sie so genommen, wie sie kam. Und sie hat mich zum Vorbild gesehen für ihr eigenes Leben. Sie will eine eigene Familie gründen. Wer von euch hätte das gestern von ihr geglaubt? Seht Ihr, wie gut sie geworden ist unter meiner Obhut. Ich bleibe hier. Bei euch und Sarah. Deshalb könnt Ihr sicher sein, dass sie gut bleibt. Ich garantiere es euch«.

Ich fühlte mich mit diesen Worten sicher und geborgen. Großvater sprach die Wahrheit.

Und diese war zuckersüß. Meine Güte, dachte ich. Opa ist überzeugend. Gut, dass er da ist. Sonst hätten mich die Kinder aus dem Haus getrieben, ohne nur einen Moment zuzuhören. Mein Gott, dachte ich. Gut, dass es dich gibt. Ich will für immer beten, jeden Tag.

Hermes sprach weiter: »Diese Gemeinschaft, dieses Heim, scheint mir wirklich gut zu sein. Die Kinder sind zwar manchmal frech, aber das ist immer so. Und die Erzieherinnen greifen hart durch. Das tun sie, wenn Kinder wie Sarah aufmucken. Es sei ihnen vergeben«.

Ich dachte mir schon, dass Hermes die ganze Wahrheit auftischen würde. Er würde Verständnis für alle haben. So war er eben. Er öffnete mit diesen Worten die Herzen der Frauen. Er vergab ihnen, obwohl sie grob mit uns waren. Plötzlich hatte ich einen anderen Gedankengang: Ja, die Frauen sind manchmal grob, aber sie schützen uns damit vor uns selbst. Mein Gedanke war gut. Hermes spürte ihn und sprach: »Kinder. Ihr würdet ins Verderben fahren ohne den Eingriff der Erzieherinnen. Sie behüten und bewahren euch vor dem Grauen der Welt. Dieses Grauen sitzt schon mal in uns drin. Und es muss verscheucht werden. Diese Dämonen sollen zur Hölle fahren, nachdem wir sie aus uns verbannt haben. Wer dies glaubt ist ein toller Mensch, denn er versteht die Philosophien des Lebens«.

Alle Erzieherinnen klatschten Beifall für Hermes. Dann machten es die Kinder ihnen gleich. Ich trat nach vorne und versuchte, selbst ein Statement zu verkünden. Jetzt hatten ja alle gesprochen. Jetzt war ich an der Reihe.

»Meine Freundinnen. Ich hoffe, wir sind das: Freundinnen. Ab sofort mögen wir uns gut verstehen. Dafür bete ich. Und darum bitte ich euch. Lasst uns gut zueinander sein. Ohne Groll und Hass. Nur mit Liebe und Fürsorge. Ein jeder helfe dem Nächsten, wenn mal was Schlimmes passieren sollte. Ich dulde keinen Hass mehr und keinerlei Gewalt sei mit uns. Ich sehe unter euch keinen Bösewicht, deshalb können wir getrost gut miteinander sein. Mut benötigen wir gegen die Bösen. Sollte mal einer auftauchen, dann kämpfen wir eben, aber zusammen tun wir das«.

Hermes meint: »Seht nur wie mutig sie gegen Böse von außen entgegentritt, meine

Lieben. Sarah steht für euch ein. Seid Ihr ihr eine Freundin? Könnt Ihr meiner Sarah vergeben, dafür was sie getan, und gesagt hatte? Ja, ihr müsst euch auf mein Wort verlassen. Vielleicht habt ihr schon in Sarahs Rede gespürt, dass sich was verändert hat. Ist es so, meine Lieben?«

Ein weiterer Beifall schallte durch den Raum und durch die Wände des Heimes. Alle Kinder und Jugendliche erhoben sich. Josephine zwinkerte mir zu. Savannah kam auf die Bühne und meinte: »Darf ich das Schlusswort sprechen? Gut. Hört mir zu. Wir Erzieherinnen werden uns mäßigen, nicht wahr meine lieben Frauen? Wir werden keine harten Strafen mehr auferlegen. Aber Ihr Kinder müsst gut mit uns sein. Ihr dürft ab sofort nur nett und freundlich sein. Okay? Wir haben eine Ausbildung als Erzieherin, dennoch mussten wir weitergehen, als es gesund war. Für uns alle war es ungesund. Reichen wir uns alle die Hände«.

Ich sah, wie alle Kinder und Jugendlichen ihren Nachbarn die Hände reichten. Welch schöne Geste das doch war. Auf der Bühne verlief es ebenso. Savannah umarmte Hermes.

Gideon nahm meine linke, Frau Hammelt meine rechte Hand. Josephine kam auf die Bühne und gab mir einen zarten Kuss auf den Mund. Die Lage war entspannt und ausgelassen. Es war, als feierten wir etwas Großes. Und das ist die Liebe. Sie ist das höchste Gut bei Menschen und Tieren in dieser Welt. Sie ist der Ausgangspunkt für alle Christen. Sie lässt uns Weihnachten feiern, wie Ostern. Pfingsten wie den Totentag. Die Liebe ist in unserem Herzen angelegt. Wir sollten es öffnen und liebevolle Worte aussprechen. Unsere Handlung möge gut und hilfsbereit sein. Und die Umarmung möge nie mehr aus unserer Kultur gestrichen sein.

In der Kollektion 2023

Als ich in den Wald verschwand

Spiel der Geister

Das Opfer